領民0人スタートの辺境領主様

風楼
Illustration キンタ

IV
絆の結実

contents

The population of the frontier owner starts with 0

草原開拓記名鑑

ディアス
大草原ネッツロースの領主

アルナー
ディアスの妻となった鬼人族の娘

クラウス
犬人族のカニスを妻に持つ領兵長

セナイとアイハン
神秘の力を持つ森人族の双子の少女たち

エルダン
ネッツロース領隣の領主で亜人とのハーフ

エイマ
大耳跳び鼠人族。村の教育係兼参謀

エリー
ディアスの下に訪れた彼の育て子

ゾルグ
鬼人族族長候補の青年。アルナーの兄

ジュウハ
エルダンに雇われたディアスの元戦友

The population of the frontier
owner starts with 0

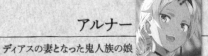

エイマのレポート

領民：95人→98人

【辺境の領主】ディアスが治めるイルク村へ戦を仕掛ける【野心に溺れた第三王女】ディアーネ。皆の力で誰一人死者を出すことなく撃退し数々の戦利品を得た。

【獣王国の商人】ペイジンと交渉し多くの食料、雑貨、家畜を購入した。

領民、家畜の増加に伴い、窯場や厩舎を増設した。

ディアスは先の戦での功績を称えるため、領民達へ手作りの首飾りを与えた。

【イルク村の領兵長】クラウスと【犬人族の使者】カニスが結婚し、村で祝宴をあげた。

まさかと思っていましたがディアスさん、

お二人のこと気づいていなかったみたいですね、あはは……。

それにしてもクラウスさんもカニスさんも、とっても幸せそうでした！

ディアスの噂を聞きつけた【旅の神官】ベン、【英雄の育て子】イーライ、アイサ、エリー、【逃走してきたメーア】6頭が村を訪れ、ベン、エリー、メーア達を村に迎え入れた。

アルナーの兄である【おひとよしの鬼人族】ゾルグと共闘し、

村へ襲い来るウィンドドラゴンを退治した。

新たな絆を結び深めていく草原の領主様。次なる物語は――

ネッツロース領イルク村の施設一覧

【ユルト】【倉庫】【厠】【井戸】【飼育小屋】【集会所】

【広場】【厩舎】【畑(野菜・樹木)】【溜池】

いくつかの施設を増設。数種類の家畜をあらたに入手した。

謎の薬草サンジーバニーを手に入れた。イルク村の食料は少しずつ減り始めている。

ユルトの寝床で――ディアス

アルナーの兄、ゾルグと共にトンボ……もとい、ウィンドドラゴン達と戦った日の翌日、早朝。

まだまだ薄暗い朝とは言えない時間に、暗闇を延々と彷徨《さまよ》うといった内容の悪夢にうなされた私は、荒く息を吐き出しながら目を覚ました。

悪夢を見るなんて久しぶりだなと、額を伝う汗を拭おうとする……が、腕が重くて上手く持ち上がってくれない。

一体何が……と、訝《いぶか》しがり、体を起こそうとするが、体も上手く動いてくれず……そこでようやく私は、自分が高熱を出しているのだということに気が付く。

涼しいはずの晩夏の早朝にこんなに汗をかいているのも、頭と体がこれでもかと痛むのも、腹の奥がぐるぐると唸るのも、全ては私自身が発している高熱のせいだったのだ。

このことを誰かに報《しら》せようと声を上げようとするが声が出ず、ただただ唸ることしか出来ずに悶えていると、そんな私の顔を誰かの影が覗き込んでくる。

その影は何やら私に向けての言葉を投げかけて来て……その声から影の正体がアルナーだと気付

く。

……が、頭がぼうっとしているせいでアルナーが何を言っているのか、アルナーの周囲にいるらしい誰かが何を言っているのか、何一つとして理解することが出来ない。

そんな私の様子を見てなのか、影達は慌ただしく、私の汗を拭ってくれたり、私を着替えさせてくれたり、温かな何か……薬湯と思われるものを私に飲ませてくれたりと動いてくれる。

そうした世話のおかげで、どうにかまともな視界と、まともに会話の出来る声を取り戻した私は、私の世話を懸命にしてくれるアルナーや、セナイとアイハンと言葉を交わしながら、自分の状況を確かめていく。

アルナーが診てくれたところによると、高熱の原因はウィンドドラゴンとの戦いの際に負った傷が化膿してしまった事によるものであるらしい。

たったの一日でここまで症状が悪化してしまった理由は、ウィンドドラゴンの羽に付着していた何某《なにがし》かのモンスターか植物かの毒液のせいではないか、との事だ。

戦いを終えてイルク村に帰るなりしっかりと傷口を井戸の水で洗い、アルナーに薬草を使っての手当てをして貰っていたのだが……どうやらその処置だけでは不十分だったようだ。

……あの喋るメーアとの出会いも、もしかするとその毒と高熱が見せた幻覚だったのかもしれないなと、そんなことを考えながら私は……アルナー達に向けて声を振り絞る。

「……すまないが、しばらくの間、世話を頼む」

事が傷の化膿となれば、そう簡単には治らないだろう。十日か、二十日か、あるいは数ヶ月か……。

悪化しようものなら命を落とすこともあるような重症の類だ。

そう思っての私の言葉を……私らしくない弱々しい言葉を受け止めて、アルナーとセナイとアイハンは、それぞれにその表情を引き締めて、こくりと頷いてくれる。

その顔をじっと見つめた私は、全く情けない限りだなと、胸中で呟きながら意識を失うのだった。

意識を取り戻したのは……太陽の位置から見るに昼過ぎのことだった。

どうやらまだ生きているようだな……と、そんなことを考えながら周囲を見回すと、ちゃぽちゃぽと水音を立てる器を大事そうに抱えたセナイと、器の中身をこぼしてしまわないかと心配そうにセナイの手元を見つめるアイハンが、玄関の方からこちらへとやってくる。

「ディアス、お薬だよ」

「おくすり、のんで」

不安そうな表情でそう言って枕元にそっと座り、器をぐいぐいと私の頬に押し付けてくるセナイとアイハン。

そんな二人に心配をかける訳にはいかないと、私は僅かに残った体力を振り絞って、どうにかこ

うにか体を起こし、その器をそっと受け取る。

その器の中に深緑色の液体がなみなみと注がれていて……どうやらいつもの薬湯のようだ。

正直今の私は、水の一滴すら飲めそうにない体調なのだが、それでもセナイ達を安心させる為に、大きく口を開けて薬湯を口の中へと強引に流し込む。

そうやって一口分をなんとか飲み込むと、口の中いっぱいに薬湯の味と香りが広がっていく。

「……うん？　美味いな、これ」

その味に思わずそんな言葉が漏れる。

アルナーが作る薬湯は草の匂いが凄まじい上に、とても苦くて渋いという、そんな味だったのだが、この薬湯は妙に甘く、それでいて爽やかな味わいで……こんな体調の私でもとても飲みやすい。

ハチミツと爽やかな香りの果物を混ぜて、甘さを抑える為に湯で薄めたような味というか……うん、少なくとも薬湯の味ではないな。

「……これ、えらく美味いが、材料は一体何なんだ？　アルナーの薬草ではないようだが……」

「えっとね、このお薬はディアスが持ってた葉っぱから作ったの」

「さんまいのうちのいちまいからー。たねは、はたけにうえたよ」

私の問いに対し、事もなげにそう言うセナイとアイハン。

よく見てみればアイハンの腰紐には、あの喋るメーアから受け取った麻袋が下げられており……

それを見た私は軽く混乱してしまう。

あれは夢や幻覚ではなかったのか？

いつのまにアイハンはあの麻袋を？　どうしてあの葉を薬だと？

こんな味がするとはあの葉は一体全体何なのだろうか？

そんなことを考えて混乱し、混乱の中で限界を迎えた私は起こしていた体を倒して、寝床へと沈み、枕へと重い頭をあずける。

そうして霞がかった思考を放棄した私は、セナイとアイハンを安心させる為の言葉を口にする。

「……セナイ、アイハン、ありがとうな。この薬、とってもよく効いたよ。おかげで眠くなって来たから少し眠るよ」

飲んだばかりで効いたも何もないのだが、それでも私がそう言うと、セナイ達はにっこりとした笑顔を作ってから頷いて、立ち上がるなりタタタッと元気に駆けてユルトの外へと出ていく。

そんなセナイ達を見送って……そうして目を瞑《つぶ》った私は唸る高熱と疼く傷を抱えながら、今度はゆっくりと静かな眠りにつくのだった。


「――――い！　――――アス！」

ペシペシと誰かが私を叩いている。

私の額をしつこくペシペシと……。

「――おいっ、聞こえるか！　――ディアス！」

一体何事だろうと意識を覚醒させて……ぼんやりと天井を見上げて、天窓の向こうに見える茜色から察するにどうやら今は夕方のようだ。

「ディアス！　起きろ！」

そして尚もペシペシと私を叩いているのは……なんだアルナーか。

「……どうした？　何かあったのか？」

寝ぼけた声で私がそう言うと、アルナーは驚きと安堵が入り混じったような、なんとも複雑な表情で言葉を返してくる。

「ディアスこそ一体何があった！　さっきまでのあの高熱がすっかりと引いているじゃないか!!」

アルナーのそんな言葉を受けて、まさかそんなはずがないだろうと思いながら、自らの体調を確かめてみると……あの高熱と全身を覆っていた気怠さと、体の奥底から来るような、重い吐き気と鈍痛が消えていることに気付く。

ゆっくりと体を起こし、深呼吸し、頭を振って自分が寝ぼけていないことを確認した上で、再度体調を確認してみるが、これといった異常はないようで、それどころかいつも以上に体調が良いような気がする……と、そんな錯覚を抱いてしまう。

「おお……熱どころか、怠さも吐き気もなくなっているぞ。何日間も寝てしまっていた……という訳でもなさそうだな、これは一体……？」

と、そんな言葉を口にして困惑する私にアルナーは、

「……傷の様子を確かめてみよう」

と、そう言って、私の腕や腹に巻かれていた紐を解き始める。

紐を解き、紐によって押さえつけられていた傷当布をゆっくりと、そっと剝がしていくアルナー。

そうして顕《あらわ》となった傷口へと視線をやると……化膿し膨れ上がっていたはずの腫れがすっかりと引いてしまっている様子が目に入る。

傷口のその様子を半目で睨んだアルナーは、薬草の絞り汁や私の血、膿などで汚れている傷当布を近くにおいてあった籠の中にしまい、真新しい綺麗な布を取り出して、それでもって傷口の周囲の汚れを拭い取って……そうして傷口をじぃっと見つめて観察し始める。

「……傷自体はまだ治っていない。治っていないが……もう膿んでもいないし、腫れてもいないし、空気に当てておけば直にかさぶたが出来て、傷を塞いでくれることだろう。

……一応聞いておくが、ディアスだから早く治ったとかそういう訳ではないんだな？」

傷口を二度三度と拭い、これまた近くに置いてあった器から薬草の絞り汁を指ですくい取って、傷口とその周囲に薄く塗りながらそう言ってくるアルナー。

「勿論だ。戦場でも何度か傷口が膿んだことはあったが、こんなに早く治ったというのは初めての事だ。

膿んだだけでなく毒を食らったともなれば、十日から二十日は寝込むことを覚悟していたのだが

なぁ……」

私がそう言葉を返すと、アルナーは首を傾げて「うーむ」と唸り……少しの間そうしてから問いを投げかけてくる。

「……何か思い当たることはないのか？

例えばこの数日の間に、何か変なものを……薬草だとかそういった類のものを拾い食いしてしまったとか」

「拾い食いだなんて、そんなことする訳が——あっ」

「……何だ、一体何を拾い食いした、正直に話せ」

あらぬ疑いを向けてくるアルナーに、私は昨日の喋るメーアの事と、眠る前にセナイとアイハンが用意してくれた薬湯のことを話す。

「……そういえば昨夜も寝る前に喋るメーアがどうのとそんな話をしていたな。

酒に浮かれていたせいで真剣に受け止めていなかったが……ふぅむ。

ひとまずセナイとアイハンに詳しい話を聞いてみる——」

と、アルナーの言葉の途中で「失礼します！」とクラウスの声が響き、クラウスがユルトの中へと入ってくる。

「ディアス様、隣領からの先触れがありまして、これからカスデクス公がこちらにいらっしゃるそうなのですが……体調がまだ優れないようならまた後日にと俺の方からお断りをしましょう……か。

ってあれ!?　もう起き上がって大丈夫なんですか!?　それにその傷の腫れ!?　もう治りかけて!?」

そんなクラウスの声を受けて私とアルナーは互いの目を見合う。

そうして私はアルナーの目を見つめたまま……さて、どうしたものかと頭を悩ませる。

頭を悩ませ、そうして答えを出す前にまずは体の調子を確かめようと、寝床からゆっくりと立ち上がり、肩を回し、腰を捻り……と、傷に気を使いながら体を動かしてみるが特に問題はないようだ。

傷が痛むこともなく、熱が上がることもなく、呼吸が乱れる様子もなく……たっぷり寝たおかげなのか疲れも全く残っておらず、むしろ普段よりも調子が良いくらいだ。

完全に回復したと言って良いそんな体調を受けて私は、アルナーの方へと向き直り恐る恐る口を開く。

「……体調が悪いままならまだしも、こうして回復した以上はエルダンの来訪を歓迎したいのだが……どうだろうか?」

病み上がりの立場でこんなことを言ってしまっては怒られるだろうか?　と、身構えていると、意外にもアルナーは柔らかい表情を浮かべて頷いてくれる。

「エルダンにはこれまで色々と世話になっているんだ、余程のことがない限りは無下には出来ないだろう。

それに遠出をしようという訳でもないんだ。体調が優れないようならすぐにユルトに戻って休むことも出来る……しっかりと準備をしておけば問題はないだろう」

そう言ってユルトの壁に下げてある袋へと手を伸ばし、何かの支度を始めるアルナー。

そんなアルナーの言葉を受けてクラウスは「来訪を歓迎する旨、早速報せて来ます!」と一声上げて、ユルトから駆け出て行く。

クラウスの背中を見送りながら「頼んだぞ」との一言をかけて……さて、服を着ようかと枕元に置いてあった着替えへと手を伸ばすと、そんな私の手をアルナーの手がはっしと摑む。

「ディアス、服を着るにはまだ早いぞ。……今しがたしっかりと準備をすると、そう言っただろう?

まずは薬湯をたっぷりと飲んで、次に乾燥させた薬草を頰の内側に貼り、焚いた香をたっぷりと吸い、そうしてから竈《かまど》の火の熱を全身で浴びるんだ。

そうやってたっぷりと汗をかいたら、その汗を綺麗に拭い取ってやるから服を着るのはそれからだ。

……病み上がりで弱った体を他の病毒から守る為だ、徹底的にやるぞ」

と、そう言ってアルナーは、袋の中から取り出したと思われる薬草の束を私に見せつけながら、嬉しそうな良い笑顔になる。

アルナーのその笑顔には、なんとも言えない独特の迫力が込められていて……私はごくりと喉を鳴らしながら、ただ頷くことしか出来ないのだった。


それから少しの時が経って、夕陽が傾き始めた頃。

イルク村の東の外れでアルナーと二人で待機していると、まずは何人かの犬人族達と共に歩くクラウス達が見えて来て、その次に馬上のカマロッツと何人かの護衛達の姿が続き……そうして最後に以前にも見たあのベッド型馬車が姿を見せる。

「ディアス殿～！　もっと早くお邪魔するつもりが、色々と騒動があってこんな時間の到着になってしまったであるの。申し訳ないのであるの～～！」

ベッドの上に立ちながらそんな声を上げているエルダンに、私はなんとか笑顔を作り「構わない、歓迎するぞ！」と声を上げて手を振ってやる。

すると声を上げたせいなのか、体を動かしたせいなのか、喉の奥からあの薬湯の匂いがせり上がって来てしまって……私は作り笑顔のまま「うっ」と呻き声を漏らしてしまう。

そんな私の横顔をアルナーが心配そうな表情で見つめてくるが……すぐに私の表情からどうして呻いたのかを察したらしく、笑顔になり小さな笑い声を上げ始める。

そうやって片や苦く、片や柔らかく笑い合う私達の下へとクラウス達が到着し、カマロッツ達と馬車が到着し……馬車が停止したのを見るなりカマロッツと護衛達が慌ただしく動き始める。

馬車の車輪に輪止めをし、馬達を休ませ世話をしてやり、馬車から荷物やら何やらを下ろし始めるカマロッツと護衛達。

「日が沈む前に準備を済ませるんだ！　手早く動け！」

とのカマロッツの指示の下、周囲が騒がしくなっていく中、ベッドの上の妻達といくつかの言葉を交わしたエルダンがベッドから飛び降り、そのお腹を揺らしながらこちらへとドタバタと駆けてくる。

「改めて突然の来訪をお詫びするであるの。

事前に連絡しようと思ったものの、色々なゴタゴタの中でゲラント達の都合がつかなくなってしまってこんな形になってしまったであるの、申し訳ないであるの！」

駆けてくるなりそう言ってくるエルダンを見て、最初に会った時もこんな風に謝罪されたなと、そんなことを思い出してしまい思わず笑ってしまう。

「いやいや、エルダン達であればいつ来てくれても全然構わないさ」

笑いながら私がそう言うと、エルダンはにっこりと大きな笑みを浮かべて、ほっと胸を撫で下ろす。

「そう言って貰えて嬉しいであるの！

……まーったく、お母様が僕達だけ何度もディアス殿にお会いするのはずるいとか、自分も会いに行きたいとか大騒ぎしてくれたせいで大変だったであるの。

遊興ではなく大事な公務での出張りだと言うのに本当に困ったものであるの――……」

胸を撫で下ろし、そうして気が緩んだのか母の愚痴をこぼすエルダン。

以前に聞いた話からなんとなく強い女性というか強い母というか、立派な女性を想像していたのだが……どうやら自由な一面も持ち合わせた人物であるらしい。

「私としては、エルダンのお母さんに遊びに来て貰っても全然構わないぞ。一度挨拶をしたいと思っていたところだしな」

と、私がそう言うとエルダンは凄まじい勢いでその顔を左右に振って否定の意を示す。

「だ、ダメであるの！　ダメであるの！

お母様は慈愛と優しさに満ちていて敬愛出来るところもある反面、自由過ぎる所もあってお仕事の場にはとっても向いてないであるの！

自由過ぎる程に自由で、豪然で豪快で、厚かましいくらいに厚かましい、それがお母様であるの！

お母様とディアス殿の面談はお時間のある時……もっともっと余裕のある時にお願いするであるの」

勢いそのままにそう言ってくるエルダンの迫力に押されてしまった私は、

「わ、分かった。そこら辺はエルダンの判断に任せるよ」

との短い言葉を返す。

するとエルダンはにっこりと笑い、良かった良かったと満足げな表情で大きく何度も頷く。

「あー……それで、公務で来たという話だったが、何かあったのか？」

話題を切り替えた方が良さそうだなと考えて私がそう切り出すと、エルダンはハッとした顔になり、そうして居住まいを正し、神妙な態度で言葉を返してくる。

「……公務のお話の前にディアス殿にいくつかお願いしたいことがあるの」

「うん？　どんなお願いだ？」

「まず数日の間、こちらに滞在する許可が欲しいであるの。

この公務と言うのが……簡単に終わる話ではないのでその為であるの。

それに関連して、この場所に僕達の外泊用幕屋を設営する許可が欲しいであるの。

食料他、必要な物は追々に荷馬車が持って来てくれる予定なのでご迷惑はかけないであるの」

「なんだ、そんなことか。

勿論何日でも滞在してくれて構わないし、幕屋に関しても好きにしてくれて構わないぞ」

と、私がそう言うと、エルダンはその顔をより神妙に……より深刻なものへと変えて言葉を返してくる。

「そしてもう一つ、もう一つの大事な……一番大事なお願いを聞いて欲しいであるの！」

そんなエルダンの態度に一体何事だろうと、私と隣で話を聞いていたアルナーの表情が緊張し硬くなる。

そんな私達のことをじっと見つめて大きく息を呑んだエルダンは、凄まじい勢いでもって言葉を吐き出してくる。

「村を！　ディアス殿の村を見学させて欲しいであるのー！　カマロッツ達は見るどころか泊まりまでして、全く全く羨ましいったら、けしからんったらないであるの！　いつかいつかこの目で見ることを願い、その日が来ることを楽しみにして……そしてようやく目の前まで来られたというのに、このまま見学することなく寝床に入るなんて無理であるの！　気になって気になって眠れないであるの！　暗くなってしまう前に、簡単で良いから見学させて欲しいであるのーーー!!」

今日一番と言って良い物凄い勢いでそう言ってくるエルダンに、私とアルナーは思わずといった感じで、

『好きにしたら良い』

と、異口同音に言葉を吐き出してしまうのだった。

イルク村を見学したいというエルダンに『好きにしたら良い』と言いはしたものの……まさか本当に好きにして貰う訳にも、案内をしないという訳にもいかないので、エルダン達の幕屋が完成す

るまでの間、私とアルナーとでイルク村の案内をすることになった。

クラウス達に村の皆への事情説明を頼み、皆の下へと駆けていくのを見送ってから……エルダンを連れてまずは村の南にある畑へと向かう。

位置的には広場の方が近かったのだが……今の時間帯、夕食の支度などで忙しくしているであろう広場の案内は後回しにした方が良いだろうと考えたからだ。

ワクワクとキョロキョロとしているエルダンを連れて少し歩いて、作物がいっぱいに生い茂る畑が見えてきた辺りで、身振り手振りを交えての説明を始める。

「ここがエルダンに用意して貰った道具で耕した畑だな。あそこに見えるのが畑用の溜池なんだが、川の水量が十分なのもあって今のところは溜池の世話にはなっていないな。

畑にはエルダンから貰った種や種芋などが植えてあって、夏の日差しのおかげでどれも順調に育っていて───」

私のそんな説明を聞きながら畑をじっと見つめて……目を擦ってから二度三度と見返したエルダンが声をかけてくる。

「でぃ、ディアス殿！　そんなことよりもこの畑の形は一体……何がどうなっているであるの？」

「───ああ、うん。やはりそこが気になってしまうか……」

畑に描かれた作物達による緑の円。

畑を作り種を植えたばかりの頃、一つだけだったはずのその円は……いつの間にやら数が増えてしまって、今や三つとなってしまっている。

いや、正確に言うのであれば、三つの円が連なったような形になってしまっている、と言うべきか。

その大きな円の連なりが私が作った畑と、チルチ婆さんとターラ婆さんが作った畑を横断している……と、そんな感じの形だ。

何故そうなったかについては、いくら考えても、いくら話し合っても答えが出ない為、そういうものだろうと諦めているというか……あるがまま受け入れているのが現状だ。

そこら辺の話をそのままエルダンに伝えると、エルダンは難しい顔をして少しの間悩んで……そうしてから深く考えない事にしたのか、

「さ、作物が順調に育っているようで何よりであるの」

と、そんな言葉を口にして畑から目を逸らす。

私もアルナーもそんなエルダンに何も言わず、そのままこの話題を流すことにして……次に行こうと広場と畑の中間に位置する厩舎《きゅうしゃ》へと向かう。

少し前に増設した厩舎では、食事を済ませてゆったりと体を休める馬達や、夏場ということでその毛を綺麗に刈られた白ギー達が寝転んでおり、エルダンはその一頭一頭の顔をゆっくりと眺めて

いって、にっこりと微笑む。

「うんうん、皆元気そうで何よりであるの。表情も良いし、毛艶も良いし、よく食べてよく肥えて、幸せ一杯って感じであるの」

そう言ってその笑顔を一段と柔らかくするエルダン。

ここにいる馬と白ギーは、そのほとんどがエルダンに譲って貰った者達だ。

その馬達が健やかに幸せそうにしているのは、譲った側としても嬉しいことなのだろう。

そうして厩舎を眺めていったエルダンは増設したばかりの真新しい一帯へと視線をやって……そこでアイーシアに、ディアーネが乗っていた馬の存在に気付いて、その笑顔を硬くしてピシリと硬直する。

「こ、これは王家の……そ、そう言えばあの時確かに……。しかし今更報告をする訳にも……い、いやっ、気のせいであるのっ、夕陽が反射して毛色が変に見えただけであるの!!」

硬直したままそんなことを言い始めるエルダン。

何かまずいことでもあったのかと私が声をかけようとすると、エルダンは私の方へと振り向き、物凄い形相と強い光のこもった目でもって「この件に関しては何も言ってくれるな」と訴えかけてくる。

そのあまりの形相に気圧されてしまい頷いてしまった私を見てエルダンは「次に行くである

の！」との大声を上げて足早に厩舎から立ち去ってしまう。

そのままの勢いで広場へと向かおうとするエルダンに「次はこっちだ」と声をかけた私は、小川近くの飼育小屋の方へと足を向ける。

そこにはガチョウ達が住まう飼育小屋と小さな池があり、それらを覆い囲む柵の中でガチョウ達とヒナ達が一塊となってゆったりとその体を休めている。

そんなガチョウ達と、飼育小屋と池とをじっと見つめたエルダンが、ホッと安堵のため息を吐く。

「ふ、普通のガチョウ達のようで何よりであるの。

僕はまた何かおかしな、金羽毛のガチョウでもいるのかと……はっ!? ま、まさか金の卵を産むガチョウがいるとか……!?」

安堵したかと思えばそんな訳の分からないことを言い出して、不安そうな表情となるエルダンに、アルナーが呆れ交じりの声を返す。

「そんな孵《かえ》りもしなければ、食べられもしない卵が産まれたところで邪魔になるだけだろう。ガチョウのメスは皆、美味しい卵を産んでくれる良い子ばかりだとも」

そう言われてエルダンは、もう一度安堵のため息を吐き出す。

ため息を吐いてから改めてじっくりとガチョウ達の様子を眺めて……そろそろ寝る時間なのか、ノタノタと飼育小屋の中へと入っていくガチョウ達を見送ってからその場を後にする。

そうして最後に案内するのはイルク村の広場だ。

「一番手前のあのユルトが倉庫で、向こうに見える大きな屋根が竈場《かまば》だ。あっちにあるのが厠《かわや》であれが井戸で……私達のユルトと皆のユルト、あの大きな集会所用のユルトに囲まれたこの一帯が村の広場ということになる。

夕食の支度がしてあることから分かるように晴れた日にはここに集まって皆で食事を摂るんだ。

天気の悪い日にはあの集会所で食事をしていたんだが……最近は人数が増えたのもあって、それぞれのユルトで摂るようになったな。

ああ、あの戦鐘は連絡用の鐘として使っているよ。それとそこに並んでいるいくつかの畑は子供達……セナイとアイハンが世話をしている畑だ。

最初は小さな畑一つだけだったんだが……いつの間にか数が増えていてなぁ。

正直何を育てているかもよく分かってないんだが、どの畑の木も草も順調に育っているようだから、二人の好きにさせているよ」

と、広場へと向かいながら、視界に入った物から順番にそれが何であるかを説明していく。

広場の地面には大きな布が敷かれていて、その上にテーブルを置き、そのテーブルの上に料理が並べてあってと、どうやら夕食の支度は終わっているようだ。

そして広場にはクラウス達やマヤ婆さん達、それと犬人族達が集まっていて……エルダンの姿を見るなり犬人族達が、エルダンの下へと駆け寄ってわーわーと元気な声を上げ始める。

エルダンの名前とお礼の言葉を連呼する犬人族達は、どうやらそうすることで自分達はここで楽しくやっていると、ここに送り出してくれてありがとうと、そんなことを伝えようとしているようだ。

更にエイマとカニスがエルダンの下に駆け寄って「元気にやっています」とそれぞれに声を上げる。

そこへ幕屋と夕食の準備が出来たとの報告をしに来たカマロッツまでが合流し、そうしてエルダンの周囲が一気に賑やかになったのを見て、私とアルナーは邪魔をしてはいけないなと、そっとその場から距離を取る――と、その時だった。

何があったという訳でもないのだが、ふいに私の全身というか膝から力が抜けてしまって、そのせいでよろけて、転びかけてしまう。

すぐに体勢を立て直し、体の様子を確かめるが……特にこれといった異常は見当たらない。

まだまだ病み上がりの身。つい先程まで熱を出して寝込んでいたのだから、このくらいの事はあるか……とそんなことを考えていると、側にいたアルナーが慌てた様子で私の体や顔に手を触れて、異常がないかを確かめ始める。

「……熱はない、腫れもない。鼓動も乱れていないし……ただ気が抜けただけのようだな」

そう言って安堵のため息を吐くアルナー。

そんなアルナーに対し、余計な心配をかけてしまったなと、私が謝罪とお礼の言葉を口にしようとしていると、何かを見つけたのか視線を私から外したアルナーの口から「あっ」との声が漏れる。

一体何があったというのか、アルナーの視線はエルダン達の方を向いていて……その視線を追いかけてみると、笑顔でエルダンとカマロッツに器を手渡すセナイとアイハンの姿がそこにあった。

「あっ!?」

それを見て私がそんな声を上げる中、受け取った器に口をつけたエルダンとカマロッツは、その中身を……なみなみと注がれた深緑色の液体を一気に飲み干してしまう。

「おお！　カマロッツから聞いていた薬湯の味とは全然違って、とっても爽やかですっごく甘くって……美味しい紅茶の良い所だけを濃縮したかのようであるの」

「これは……わたくしも初めて口にする味です。一体何を煎じたものなのでしょう」

液体を飲み干すなり口にした、エルダンとカマロッツのそんな言葉から察するに、二人が今し方飲み干した液体は、先程私が口にしたあの液体と……あの薬湯と同じ物であるようだ。

カマロッツとしてはいつもの薬湯として口にし、エルダンとしてはカマロッツから伝え聞いていた噂の品として口にしたと、そんな所だろうか。

そして事の原因というか、なんというか……事の主犯であるセナイとアイハンは、エルダン達があの液体を飲み干したのを見るなりニッコリとした笑顔になって、そのまま何処かへとタタタッと駆けていってしまう。

そんなセナイとアイハンを捕まえようとアルナーが駆け出す中、私はエルダン達へと声をかけて、今二人が口にした液体についての話をしていく。

ある者から譲って貰ったサンジーバニーという葉から作った薬湯だろうこと、熱を出して寝込んでいた私がそれを飲んだこと。

そんな話をした上で、

「あの子達が変なものを飲ませてしまったようで申し訳ない。

話した通り私も飲んだものだから……毒だとか、そういった心配は要らないはずだ」

と、私がそう言うとエルダンとカマロッツはお互いの顔を見合ってから、その表情を綻ばせて笑顔となる。

「以前にもお話しした通り、僕の鼻は特別製であるの。

事が植物に関してなら特に別！　それが毒であるかどうか、食用に適しているかなどはその匂いを嗅ぐだけで判別可能であるの！

先程口にしたあれは極々普通のお茶とかお野菜に近い匂いであり、そうと分かった上で口にしたものなので気にしないで欲しいであるの」

「えぇ、幾度となく毒を嗅ぎ分けて来たエルダン様がそう判断したのであれば間違いはない事でしょう。

それにセナイ様とアイハン様のお心持ちや、お二人が以前よりわたくしの体調を気遣っていてくれたこともよく存じております。

今回のこれもセナイ様とアイハン様達なりのお気遣いとして受け取らせて頂きました」

笑顔でそう言ってくれたエルダンとカマロッツに私が礼の言葉を返すと、エルダン達はその笑顔を更に大きなものにしていく。

そうしてエルダンは冗談めかしたような声で言葉を返してくる。

「サンジーバニーとはこの辺り一帯に神代の頃より伝わる伝説の薬草の名前。

もしあれが本物のサンジーバニーだったなら……それはもう大地をひっくり返したような大騒ぎになるであるの！

……でもまぁ、まさかそんな夢みたいなことがある訳もなし。あれは恐らくそのあまりの美味しさに伝説の薬草から名前を借りることになった、なんでもない普通の薬草の一種だと思うであるの。

薬効はー……ディアス殿がさっぱりと回復していることから考えるに、熱冷ましとか腫れを抑えるとか、そんな所だと思うであるの」

そう言ってエルダンは『本物』のサンジーバニーがどういった薬草であるのかを説明してくれる。

神代の頃から言い伝えられているというサンジーバニーは、一口飲めばどんな病でもたちまちに、死の淵にあっても癒やしてしまう万能の薬草なんだそうだ。

神々の住まう山の山頂に生えているとか、慈悲深い神々が故ある者に授けてくれるとか言い伝えられていて……かつての建国王が流行病《はやりやまい》にかかってしまった際に、聖人ディアが神々に頼み込んだ末に譲り受け、その病を治したという伝説までもが残されているんだそうだ。

何代も前のカスデクス領の領主が、当時の国王からサンジーバニーを探索せよとの命を受け、凄まじい程の予算と人員を使って探索したこともあったが、それらしいものが発見されることはなく……伝説は伝説として、あるいは噂話や笑い話、寝物語の類として言い伝えられて来た……と、伝説の薬草サンジーバニーとはそういう物であるらしい。

「わたくしも幾度か本物のサンジーバニーが手に入らないものかと祈ったことがありますが……神にも縋《すが》る思いと申しますか、あり得ないからこそ縋りたくなる、そういった思いの代名詞でもあるのがサンジーバニーです。

ディアス様にこれを譲った者も、そういった理由でサンジーバニーと名付けたのかもしれませんね」

エルダンの説明が終わったのを見計らってそう言うカマロッツ。

そんなカマロッツの言葉にエルダンが小さく苦笑し、その苦笑を見たカマロッツが慌ててエルダンに何か小声をかけ始めて……と、そうこうしているうちに辺りが暗くなり始める。

そこにセナイとアイハンを捕まえたアルナーが戻って来て……丁度良いタイミングというか、夕食の時間をとうに過ぎているということもあって、今日のところはこれで解散しようと言うことになった。

明日、朝食を終えた後に公務についての話し合いを行おうと約束して……私達は夕食の席へと、エルダン達は幕屋の方へとそれぞれの足を向けたのだった。

夕食の席で頃合いを見計らい、セナイとアイハンに私の持っていた薬草をどうして勝手に持ち出し、私やエルダン達に飲ませたのか、との質問をしたのだが……セナイとアイハン曰《いわ》く『勝手になんてやってない！』とのことだった。

熱にうかされている私を心配して、セナイ達なりに私を助けたいと考えて、寝ている私にこの薬草を貰って良いか、セナイ達の好きに使って良いかをちゃんと問いかけて、私の許可を貰った上で持ち出した。

そうしてエイマやマヤ婆さん達に相談し、協力して貰って薬湯にし、一枚分を私に飲ませ、二枚分をエルダン達に飲ませたんだ、とのこと。

……どうやら私は、セナイ達の問いかけに対し、熱にうなされた夢うつつの状態のままで返事をしてしまっていたようだ。

許可をしっかりと取った上で大人に、エイマ達にもしっかり相談してもいるので、セナイ達は全く悪くないというか、この場合私が悪い、ということになるのだろうか……？

兎にも角にも、薬草は扱いを間違えば人の命に関わることもあるので、薬草を誰かに飲ませたいと思った場合は、アルナー立ち会いのもとで行うようにとの約束が交わされることになった。

それから片付けを終えて身支度を整えて、寝床に入る直前、私は……まずはアルナーに心配かけたことを詫び、世話などについての感謝の言葉を口にし、次にセナイとアイハンにも心配をかけたことと夕食の席でのことを詫び、薬湯のおかげで元気になったと感謝の言葉を口にする。

するとアルナーとセナイとアイハンは私の言葉に頷きながら今日一番の良い笑顔になってくれて、

「元気になって良かった！」

「ほんとうに、よかった！」

と、いつも以上に力の込もった声を上げる。

そうやって嬉しそうに……本当に嬉しそうにする二人を見た私は、そこでようやくセナイ達の両親のことを思い出す。

病のせいで両親と死に別れ……それからセナイ達は辛い生活を送ることになった。

紆余曲折を経てイルク村に来ることになり……どうにか笑顔を取り戻し、今ではすっかりと元気な姿を見せてくれているが、それでも二人の中には両親への想いが……その時に感じた辛さが残り続けている。

そんな二人にとって私の突然の高熱はどのように見えていたのだろうか……？

二人が懸命に私を治そうとしてくれるのも当然のことであり、全く私は何をしているのだろうかと自分が情けなくなる。

そうして私が改めての感謝と、詫びの気持ちを言葉にしながら二人の頭を撫でてやると、良い笑顔を更に輝かせた二人が、私の下へと全力でもって飛び込んでくる。

大きく腕を広げて二人をしっかりと受け止めてやると、アルナーがそんな二人を褒める為なのか、慰める為なのか覆いかぶさってきて――そうしてまだまだ暑い季節だと言うのに一塊となった私達は、そのまま寝床に倒れ込み、暑い暑いと笑い合いながら眠りにつくのだった。

翌朝、ユルトの中で――

昇ったばかりの朝日の光を瞼《まぶた》で感じ取り、アルナーとほぼ同時に目を覚ました私は、いつもは遅くまで寝惚けている自分がこんなにも早く、すっきりとした目覚めを迎えたことと、自分の体が異様なまでに軽く、柔らかくなっていることに驚いていた。

まるで自分の体が自分のものではないというか……十年以上前の、無理の利くあの頃に戻っているというか、手足を軽く動かすだけでも違和感を覚えてしまうくらいに体が軽い。

外に出て、水汲みなどを行いながら体を動かしてみると、調子が良いというか、あまりにも調子が良すぎて戸惑ってしまう程だ。

例のあの傷もすっかりと綺麗にふさがってしまっているというか、治りかけの傷特有のあのかゆみを訴えているような状態で、一体何がどうなっているのやらと困惑していると……そんな私の下へと、慌てた様子のカマロッツが凄まじい勢いで駆け込んでくる。

そうして私の両肩を、その両手でもってがっしりと掴んだカマロッツは、

「でぃ、ディアス様、た、大変です!!

え、エルダン様がとてもお元気に！　薬の力に頼ることなく自らのお力のみで起き上がって、元気に駆け回っておられて！　い、医者達も訳が分からず、混乱を……!!

ま、まさか、まさかまさか!?　あのサンジーバニーは本物の……!!」

と、そんな大声を、まだまだ皆が眠っているこの早朝に上げてしまう。

まだまだ皆が眠っているこの時間にこれ以上騒がれてしまってはまずいと慌ててカマロッツを制し、兎にも角にも話は移動してからにしようと声をかけ、連れ立ってエルダン達の幕屋へと向かう。

……と、そこには幕屋の側で荒く息をしながら寝転がるエルダンと、そんなエルダンを心配そうな表情で見つめる大勢の兎に似た顔をした獣人達という……カマロッツの話とは全く逆の、予想外の光景が広がっていた。

元気に駆け回っているという話ではなかったのかと驚き、慌ててエルダンの下へと駆け寄って「大丈夫か」と声をかけると、獣人達の中に交ざっていた人間族の老人がなんとも朗らかな表情で言葉を返してくる。

「はしゃぎ過ぎた為に息を切らせてしまっただけですよ。

いくらか病魔が鎮まったとはいえ、まだまだ快癒とは言い難い状態です。

当分は無茶をせずに安静にして頂く必要がありますな」

そんな老人の声に続く形でエルダンの側へと駆け寄ったカマロッツが声をかけてくる。

「こちらはエルダン様専属となって頂いたカスデクス領一の名医で、周囲の兎人族は彼の弟子となります。

前回の来訪時にエルダン様が体調を崩されてしまったことを考慮して同行して頂いたのです」

「なるほど……。

しかし快癒していないということはやはりあのサンジーバニーは本物ではなかったのか？」

と、私がそう言葉を返すと老人がその首を左右に振ってから声を上げる。

「なんとも信じがたいことですが、昨夜口にしたという件の薬草については本物……でありましょうな。

たったの一晩でここまで病魔を鎮めるなど人の手ではまず不可能、それこそ神の奇跡としか言い様がありませんからな。

しかしながらエルダン様の病魔の根源はそう簡単に……一晩やそこらでどうにかなるものではありません。

奇跡のおかげで快癒に向かいつつあるものの、完全に快癒するまでにはそれ相応の時間が必要と、そういうことなのでしょう。

エルダン様のご様子から見るに恐らくは一ヶ月……いえ、二ヶ月程の時間をかけて病魔の根源を鎮めていくのではないでしょうか」

そう言って老人はエルダンの現状を……私にも分かるように簡単に説明してくれる。

そもそもエルダンの抱えている病気は、生まれつきの体の内部の歪みによるものであり、そんなエルダンの病気を治すということはつまり、その歪みを正すということになるのだとか。

体の歪みを一晩でどうこうするなど神の奇跡であっても不可能だろうし、仮に可能なのだとしても今度はエルダンの体力がその奇跡についていけずに、命を落としてしまうかもしれない……とのこと。

「それがどんな病魔であれ、鎮める際に多くの体力を消耗してしまうものです。

エルダン様のような大病ともなれば、その量は桁違いとなることでしょう。

……エルダン様の今のこの、なんとも言い難い不安定なご状態は、時間をかけてゆっくりと鎮めなければ危険だという神の気遣いの結果なのかもしれませんな」

説明を終えての老人のそんな言葉に私は、イルク村を案内し終えた後に気が抜けてふらついてしまったあの時のことを思い出す。

私もまたサンジーバニーのおかげなのか、普通ではあり得ない早さで高熱とひどい化膿から回復している。

その為に多くの体力を消耗してしまい、そんな状態で村を歩き回ったせいであぁなったと、そういうことなのだろうか……？

……と、そんなことを考えていると、ようやく息が整ったらしいエルダンが、その体を起こしながら声を上げる。

「ディアス殿、ご心配をおかけしたようで申し訳なかったであるの。

それとカマロッツが早朝から余計な騒ぎを起こしてしまったことについても申し訳なかったであるの。

思いも寄らない出来事に少しばかりはしゃぎ過ぎてしまったものの、こちらの専属医の言葉の通り僕の体調に全く問題なく、ご心配頂く必要はないであるの。

……会談については予定通り朝食の後に、腰を据えてサンジーバニーの件を含めた色々なことを話し合いたいと思っているので……何はともあれまずは食事や身支度を済ませて来て欲しいであるの」

そう言ったエルダンの顔はいつも以上に血色が良く、その目は生気に満ち溢れていて……確かに余計な心配をする必要はなさそうだな。

「分かった。

……もしかしたら私の都合……日課やら身支度やらで少し遅くなってしまうかもしれないから、そのつもりで頼む」

休む時間と準備の時間が必要だろうとの気遣いで私がそう言うと、エルダンは何も言わずに微笑んで、力強いしっかりとした態度で頷いて見せる。

エルダンのその笑顔を見て、どうやら私の気遣いについてはバレてしまっているようだなと、そんなことを考えながら私はその場を後にするのだった。

　身支度を整えて、朝食を終えて、村の皆と今日はどんな仕事をするか、どう過ごすかといった話をし、更にいくつかの事柄について話し合い……それなりの時間が経つのを待ってから、書記をするとはりきっているエイマを頭に乗せて、これまた会談ならば自分の出番だとはりきっているエリーを連れて、エルダン達の下へと向かうと、朝方にはなかったなんとも立派な天幕が私達を出迎えてくれる。

　何本もの木の柱に支えられた大きな天幕の下には、以前戦場で見たあの白木のテーブルと、いくつかの白木の椅子が並べてあり、シルクのテーブルクロスの上には書類の束やら、小さな木箱やら、陶器の花瓶やらが置かれている。

　テーブルの向こう側に並べられた椅子の一つには、私達の到着を待っていたらしいエルダンがゆったりと腰掛けていて……私達の到着に気付くなり大きな笑顔となったエルダンが、仕草でもって向かい合う椅子に座るように促してくる。

　エルダン達の下へと向かい、エリーの紹介や挨拶などを済ませてから用意された席へと腰を下ろし、その隣にエリーが座り、私の頭の上からテーブルの上へとエイマが降り立ったのを見て、エルダンの側に立っていたカマロッツが慌てた様子で何処かへと駆けていく。

　そうしてシルクの布で包んだ小さな二つの箱を持って来たカマロッツが、それらをエイマ用のテーブルと椅子に見立てた形で設置し、エイマに「こちらにどうぞ」と声をかける。

そんなカマロッツの気遣いに、丁寧な仕草で礼をしたエイマがその箱の上にちょこんと腰掛けたのを見て、満足そうに頷いたエルダンがゆっくりと口を開く。

「それでは会談を始めさせて頂くであるの。

今日の会談では陛下からのお言葉をお伝えすることを含めた、様々な国事に関わるお話をする必要があるの。

……ただそれらのお話は一度始めてしまうとなんだかんだと時間がかかってしまう上、諸々の事務作業などもあるので、そちらよりもまずはあの薬草……サンジーバニーについてのお話をさせて頂きたいであるの！」

生気に満ちたツヤツヤとした表情で鼻息荒くそう言うエルダンに私は、

「分かった、そこら辺のことはエルダンに任せるよ」

と、そう言ってしっかりと頷く。

「まず、貴重なサンジーバニーを分けて頂いたことに、心よりの感謝をするであるの！

僕もカマロッツも驚く程に体調が良くなり、この件に関してはいくら感謝をしてもし足りないであるの！

いくら金品を積み上げた所で、サンジーバニーの価値の足元にも至らないとは承知しつつも、他に方法を知らない愚か者ゆえ、この御礼は相応の量の金品でもって——」

笑みを浮かべながらすらすらと言葉を並べていくエルダン。

それらの言葉に対し色々言いたいことがありつつも、話を途中で遮るのも悪いと思った私は、黙って話に耳を傾けていたのだが……考えていることが表情に出てしまっていたのか、私の顔を見るなりエルダンがきょとんとした表情となり、言葉を並べるのを途中で止めて、

「――ディアス殿、どうかしたであるの？」

と、そう言って首を傾げる。

「あー……いや、そのサンジーバニーについてなのだが、入手の経緯が少し……いや、かなり変わっていてな、どうにも事情が複雑なんだ」

首を傾げるエルダンに対しそう言ってから私は、サンジーバニーを手に入れた経緯……あの謎のメーアについての話をしていく。

人語を話し、サンジーバニーの葉と種を私に託し、そしてその使い方についての忠告をしたメーアのような見た目をした『何か』。

サンジーバニーが本物であるならば、『サンジーバニーを売って儲けようだとか、悪用しようだとか、そういった類の邪念を抱くとたちまちその葉と種は枯れてしまう』という、あの『何か』の言葉も事実である可能性が高い。

「――エルダン達から礼の品を貰ってしまうというのは、見方によってはサンジーバニーを売って儲けたと言えなくもないだろう。

たとえ金品でなくとも、物やなんらかの行為や便宜でもって対価を貰うのも同様だ。

もう葉の方は全部使ってしまって種しか残っていないが……その種が枯れてしまうような行いは出来るだけ避けた方が良いのではないかと思う。

それらを踏まえた上でどうするべきかを皆と話し合ってみたんだが――」

と、そう言って私は、先程したばかりのその話し合いの内容を話していく。

サンジーバニーの葉に凄まじい効能があると知った今、私や村の大人達が一切の邪念を抱くことなくサンジーバニーを扱っていくことは……正直言って難しいだろう。

今しがたエルダンがそうしようとしてくれたように、何らかの礼を貰えるのではないかとどうしても期待してしまうし、今もそういった気持ちが心の隅にあることを否定しきれない状態だ。

そうなるともう今の段階で枯れてしまっていてもおかしくないのだが……先程確認してみた所、セナイとアイハンが種を植えたという場所からは小さいながらも青々とした芽が生えており、枯れているような様子はなかった。

私達は邪念を抱いてしまっているのに何故サンジーバニーの種は枯れていないのか。

その答えは恐らく、サンジーバニーを使ったのが私達ではなくセナイ達だったという点にあるのだろう。

私とエルダンとカマロッツを癒やしたセナイとアイハンに、対価が欲しいとかそういう考えは一切なかっただろうし、純粋な善意で……私達のことを心配してそうしてくれたのは二人の反応からも明らかだ。

私達が余計なことを言わなければ、二人はこれからも純粋な善意でもってサンジーバニーを扱っていくに違いない。

ならばもうあの二人に任せてしまったほうが良いというか……邪念を抱いてはいけないという条件がある以上は、あの二人に任せるしかないというのが正直な所だった。

「サンジーバニーの芽が育って葉が取れるようになるのは当分先のことだろうし……いつ何をきっかけに枯れてしまうかも分からないような代物でもある。

ならばもう元々なかったものだと思って、私を含めた大人達はその存在自体を忘れてしまうのが良いだろうというのが私達の出した結論だ。

芽が順調に育ち葉が取れるようになったとしても、私達は一切関わることなく全てをセナイ達の判断に任せるという訳だ。

セナイ達がサンジーバニーをどう使ったとしてもあれは元々なかったと思ってその結果の全てを受け入れる。

勿論何か問題があれば手助けをするが……基本的には何も言わず何もせず、二人の自由にさせるつもりだ」

そこにあると思うからこそ頼りたくなるが、元々なかったものと思っておけば、いざ枯れてしまったとしても素直に受け入れることが出来るだろう。

この決定に関しては誰からも……老いた体に色々と思う所があるだろうマヤ婆さん達からも反対

の声が上がることはなかった。

「そういう訳でエルダン……サンジーバニーに関する一連のことはなかったこととして綺麗さっぱりと忘れて欲しい。

礼の品も必要ないし、今後このことについての話をするのも、記録に残すのもなしだ。

サンジーバニーのことが変に広まってしまえば、欲に駆られた変な輩やトラブルを呼び込みかねないし……そういう意味でも口外無用を徹底して欲しい」

私がそんな言葉で話を終えると、エルダンは瞑目しながら腕を組み「むむむ」と唸りながら深く考え込む。

しばしの間そうやって考え込んだエルダンは、大きなため息を吐きながら目を開き、ゆっくりと口を開く。

「……たとえば、何処かに死の淵に立つ重病人がいたとして、サンジーバニーがあればその人を助けられるとなっても、その方針に変わりはないであるの？」

そんなエルダンの言葉に対し、私は迷うことなく答えを返す。

「ない。

世界中全ての病人を救うなどサンジーバニーの力があってもまず不可能だろうし……そんな重責を背負うくらいなら、今すぐあの芽を引っこ抜いてしまった方がマシというものだ。

……後のことはセナイとアイハンの善意と、それと運命に任せたいと思う。

私達がサンジーバニーの恩恵を受けられたのも運命だったし、セナイとアイハンがサンジーバニーを手にしたのも運命だった。

もし救われる運命にある者が何処かにいるのだとしたら、運命の流れでもってここに辿《たど》り着き、そしてセナイとアイハンに出会うことだろう。

仮にセナイとアイハンがいずれなんらかの邪念を抱くようになり、サンジーバニーを枯らしてしまったとしても、私達はそういう運命だったのだと受け入れるつもりだ」

その答えを受けてエルダンはまたも瞑目し「むむむ」と唸る。

私の隣の席に座るエリーは、それについてはもう済んだ話だと言わんばかりに、なんとも興味なさげに自らの爪を眺めて、エイマもまたそんな話には興味ないと言わんばかりにインク壺や議事録を記録する為の紙束の準備に忙しくしている。

エイマ達のそんな……少しだけわざとらしい姿を薄目で見たエルダンは、今度はため息を吐くことなく深く頷いてから口を開く。

「分かったであるの。ディアス殿達がそう決めたのであれば、僕達もその決定に従うであるの」

そう言ってエルダンは、側に立つカマロッツへとその顔を向けて言葉を続ける。

「カマロッツ、至急皆に他言無用の件を伝えて欲しいであるの。

他言した場合は、この僕に対する最大級の裏切りとみなし、一族全員でその責を負ってもらうであるの。

今回同行したのは忠臣ばかりであり、その心配はないとはいえ、それでも念を押しておいて欲しいであるの」

するとカマロッツはその表情を変えることなく、間を置かずにエルダンに言葉を返す。

「承知しました。

……これはわざわざ言う必要のないことかもしれませんが、わたくしを含めた臣下一同はエルダン様の回復を喜んでいるのと同時に、それ以上の感謝の念をサンジーバニーを与えてくださったディアス様方に抱いています。

そんなディアス様方の不利益となるようなことを、エルダン様のお言葉に逆らってまでしようとする者は一人としていないことでしょう」

そう言って足早に会談の場を後にするカマロッツ。

そんなカマロッツの背を苦笑しながら見送ったエルダンは、コホンと小さく咳払いをし、そうしてから居住まいを正し、改まった態度で口を開く。

「では、仕切り直しであるの。

……ここまでの話は僕も忘れることにしたので、ここからが本当の会談の始まりであるの。

僕がお預かりした陛下のお言葉と、公爵位の叙爵の件と、新たな家名を名乗る権利を含めたいくつかの特権が、ディアス殿に付与される件についてをお話しさせてもらうであるの」

まさか家名だのなんだのと、そんな話をされるとは思ってもいなかった私は、あまりのことに口を大きく開け放ちながら、愕然としてしまう。

「……まさか私が家名持ちに……貴族になれるとはなぁ」

エルダンの言葉に愕然としていた私が、どうにか落ち着きを取り戻してそう言うと、エルダン、エイマ、エリーからそれぞれ、

「ん？」

「へ？」

「ええ？」

との声が上がる。

そうしてエルダン達は私のことを『何を言っているんだコイツは？』とでも言いたげな表情で見つめて来て……何故そんな表情をしているのか、その理由が分からない私は、何事だろうと首を傾げる。

すると、エイマとエリーへ視線を送り何やら頷き合ったエルダンが、３人を代表する形で私に声をかけてくる。

「えーと、ディアス殿……。

ディアス殿は既に家名を持っているはずだし、サンセリフェ王国の貴族としてその名を連ねているはずであるの」

「ん……？　いやいや、私は平民だぞ？

両親は平民だったし……家名なんてそんな大げさなもの、ある訳がないだろう」

エルダンのそんな言葉に対しすぐさま私がそう返すと、今度はエリーから声が上がる。

「お父様、どういう経緯であれ領地を持ったのであれば、その時点で貴族という扱いになるのよ。当然、家名もちゃんとあるはずだけど……？」

「うん？　んんん？　そう……なのか？　いや、しかし私に家名だなんてそんな話、聞いた覚えがないが……」

そう言って頭を悩ませる私を見て、訝しむような表情を浮かべたエルダンが、

「……確かにディアス殿は今まで一度もネッツロースという家名を名乗ったことがなかったであるの。

何か思う所があるのだろうと勝手に解釈していたけれども……まさか本人が知らなかったとは、予想外であるの。

王都では周知の事実のように扱われていたというのに、まさか本人に届いていなかったとは……」

と、そんな言葉を口にする。

そうして私は……今しがたエルダンが口にした、ネッツロースという言葉を耳にした瞬間に、頭の中で切れていた何かが繋がるような感覚を覚えて……懐かしいあの時の記憶を掘り起こすことに成功して、自分の膝をバンバンと叩きながら大声を張り上げる。

「あーあーあー！　そうだった、そうだった！　思い出した！

確かにこの草原に来たばかりの頃、あの役人がそんなことを言っていたな！

この草原の名前がネッツロースだとかなんとか！

……いや、しかし、私の家名だとか貴族がどうのという話はしていなかったような……？」

大声を上げているうちに新たな疑問が浮かんで来て、そうして私が再度首を傾げていると……エルダンを含めた全員が呆れを含んだ表情となり、口以上にその想いを語る、厳しめの視線を浴びせかけてくる。

そんな皆の視線に耐えかねた私が、

「い、言い訳させて貰うとだな、あの時はそれどころではなかったというか、いきなりこんな所に放り出されてしまって、これからの生活をどうしたら良いのかということで一杯一杯だったんだよ。翌日にはアルナーと出会うことになって、その件でも一杯一杯だったしなぁ……」

と、そんな言い訳をすると……こくりと頷いてくれたエルダンがその口を開く。

「……まぁ、確かに……。その状況では致し方ないと言えなくもないであるの。

この地を開拓せよとの言葉だけで、本来受けられるはずだった人材や資金といった支援を受けられなかった上に、叙爵式もなしでは貴族としての自覚も芽生えようがないというもの。

……ならばここで改めて陛下のお言葉を伝えることで、ディアス殿には貴族としての自覚を持って貰うであるの」

そう言ってコホンと咳払いをしたエルダンは、胸に片手を当て瞑目し、丸暗記しているらしい言葉を読み上げ始める。

『この度我が耳に届くこととなった救国の英雄に対するものとは思えぬ仕打ちと不始末の数々、王としてとても残念に思っている。

更には我が一族までもがその不始末に関わっているとも聞き及び、恥に思うと同時に言葉を失うばかりである。

その上で、それ程の仕打ちを受けても尚、忠節を尽くし、我が心に寄り添わんとする卿の気持ちに応えたいと思い、いくつかの心配りをさせてもらった。

これで卿の心が晴れてくれることを願うばかりである』

「――――とのことであるの。

……そういう訳で、ディアス殿には公爵位と、新たな家名を名乗る権利と、三年間の免税措置が与えられたであるの。

こちらの封筒には今の陛下のお言葉と、その措置について詳しく記した文書が入っていて、こちらの小箱には公爵の地位を示す印章が入っているであるの」

そう言ってエルダンは懐の中から小さな小箱と封蠟《ふうろう》のされた封筒を取り出し、私の方へと差し出してくる。

その封筒と小箱を受け取り……小声での「とりあえず懐にしまっておいて」とのエリーの指示に従い、懐の中にしっかりとしまい込む。

私がそうしたのを見て満足そうに頷いたエルダンが、王都に行ってどんなことをしてきたのか、王様とどんな話をしてきたのかなどの細かい話をしてくれる。

私やディアーネから得た情報と、エルダン達が独自に集めた情報を使って、私が受け取るはずだった資金や人材を奪った者がいるとの確信を得た上で……そのことを王様に告発し、更に私から預かっていたアースドラゴンの魔石を王様に献上することで、エルダンにとって有利な場を整えたこと。

そうしてからディアーネの件を上手く使いながら王様と交渉をしていって……思っていた以上に交渉が上手く進み、家名だの免税だのといった権利を得たこと。

王都で様々な情報を収集して来たこと、私に関する噂を広めて私の名声を高めたこと、王都の劇場に投資して私に関する演劇を開くようにと働きかけたこと……などなど。

そうしたエルダンの話が一段落したのを見て、エイマがインクをつけた尻尾の先でもって今ほどの会話を紙束に記録し始めて……それが終わるのを待ってから、エリーがエルダンに向けて言葉を投げかける。

「……しかしそういった事情があったにしても公爵とは陛下も随分と奮発したわね？　平民がいきなり公爵じゃぁかなりの反発があったんじゃないの？」

「エリー殿がそう思うのも当然のことであり、陛下からその話を聞かされた当初は、僕もまさか公爵とはと驚き、同様の心配を抱いていたであるの。

ところが僕達なりに調べてみたところ……驚くことに反発や反対の声は一つも上がっていなかったであるの」

「……一つも？　そんなことがあり得るの？」

「それがあり得たのであるの。

現在王国の貴族達が王位継承を巡っていくつかの派閥に分裂しているのは知ってのことかと思うであるの。

このうち第一王子リチャード殿下の派閥は、殿下がこの件に賛成の意を示しているのもあって、派閥全体で賛成の声を上げているであるの。

次に第一王女イザベル殿下の派閥は、筆頭のサーシュス公爵がディアス殿に友好的であることが影響して、消極的賛成という態度を示しているであるの。

第二王女ヘレナ殿下の派閥は、芸術肌というか変わり者が多いことからなのか、全くの無関心といった態度で……こういった件に難癖を付けるのが大好きな連中ばかりが集まった派閥、ディアーネとマイザー殿下の派閥も今はそれどころじゃないと声を上げていなかったであるの」

「それにしたって一つもないってのはちょっとねぇ。

……貴族ってこういう政争が大好きで、理由さえあれば……いえ、理由なんかなくても理由を作り出してまで政争をふっかけてくるものだと思っていたのだけど、それは私の勘違いだったのかしら？」

「王位継承争いという何より重要な政争で忙しくしているからこそ、ディアス殿に手を出す暇がないであるの。

それにそもそも――――」

と、そう言ってエルダンはパンと両手の平を打ち合わせて……その手を開くと同時になんとも胡《う》散《さん》臭《くさ》い笑顔を作り出す。

「――――ディアス殿に政争を仕掛けて勝ったとしても、得るものが全く、何一つないであるの！

お金もないし、有用な土地もないし……貴族としての功績もまだまだ少ない、つい最近まで平民だった名ばかり公爵を相手にしたなんてことになれば、名誉どころか致命的な不名誉を背負う羽目になるかもしれないであるの！

その上、陛下とリチャード殿下と、サーシュス公爵とこの僕を敵に回すというオマケ付き。

今やディアス殿は平民から公爵にまで成り上がった、平民達にとっての希望の星でもあり、下手をすれば平民達の怒りを買っての反乱騒ぎにも繋がりかねないであるの。

……今のこの状況でディアス殿を公爵にしたのはある意味妙策というか、もしかしたら陛下は全てを織り込み済みで……そういう流れになるのを分かった上で公爵位の叙爵を決断したのかもしれないであるの」

「……あら、陛下がそこまでしてお父様を公爵にしなければならなかったなんて……一体どんな理由があってのことなのかしら？」

「陛下の立場は今、とても微妙なものとなっているであるの。

戦時中の失策の数々で王としての権威と味方を失い……存命中でもあるにもかかわらず後継者争いなんて事態を引き起こしてしまったであるの。

この争いが決着し、後継者が……王位が定まったとして、その時陛下はどうなってしまうのか……なんとも微妙なところであるの。

そんな状況で僕とディアス殿という特権を持つ『公爵』を味方に出来たなら……あるいは隠居してこの辺境で余生を暮らすという、そういった道も選べるかもしれないであるの。

それとまぁ……マイザー殿下にディアーネという王族が迷惑をかけたことを考慮して、ある程度の爵位を与えて王族への諫言権《かんげんけん》を与えたかったのかも……であるの」

そう言って遠い目をするエルダンと、ものすごい顰《しか》め面となるエリー。

そうして二人の会話が止まったのを見て、エイマが『今の会話を記録しますか？』とその視線でもって問いかけて、エリーが全力で首を左右に振って『今の話は記録しなくて良い』とその態度でもって伝える。

それからしばらくの間があってから……遠い目をしていたエルダンがゆっくりと口を開く。

「そういった面倒な事情もあって、ディアス殿が本来受け取るはずであった人材や、資金の再準備にはかなりの時間がかかってしまうとのことであるの。

……とは言え、このまま何もしないではそれはそれで大きな問題となってしまうであるの。

と、いう訳で陛下からは、陛下の代わりに僕の方から資金や人材を融通してやって欲しいとのお言葉を頂戴したであるの。

この件にかかったお金は、公債という形にして良いとの文章も頂いているので、遠慮することなく必要な分を請求して欲しいであるの！」

そんなエルダンの言葉を受けて、エリーがその目を全力で輝かせる中……私は今までの話を嚙み砕いて呑み込みしっかりと理解した上で……懸命に頭を働かせる。

そうして考えて考えて……考え抜いた私は、

「いや、資金も人材も必要ないな。

王様にもエルダンにも十分良くして貰ったし、これ以上何かを貰ってしまっては貰い過ぎというものだ。

だからエルダン、王様には私のことなんかは気にしないで良いと……再準備の方も必要もないと、そう伝えてくれないか？」

と、私なりに懸命に考え抜いて出した結論を口にすると、エルダンは、

「ディアス殿のその結論を伝えること自体は勿論構わないであるの。

……ただどうしてその結論に至ったのか、どうして資金も人材も必要ないとの結論に至ったのか、

その理由を聞かせて欲しいであるの」

と、そう言って……僅かにだが硬い表情となる。

私はそんなエルダンに対し、しっかりとした視線を返しながら口を開く。

「そもそもというか、なんというか……。その私が受け取るはずだった資金と人材が掠め取られたとかいう件なんだが……私はそんなに怒っていないというか、気にしていないというか……むしろ私は、そうなってくれて良かったとさえ思っているんだ。

金貨を両手いっぱいに持って、大勢の人材……王国の人間を引き連れてここに来ていたなら、おそらくアルナーとは出会えていなかっただろうし、出会えていたとしても今のような関係は築けていなかっただろう。

アルナーとの絆がなければ、イルク村も存在していなかっただろうし、エルダンとも今のような関係にはなっていなかったかもしれない。

……たとえその件が誰かの悪意による行いだったのだとしても、結果を見れば私にとって、それはとても幸運なことだったんだ――」

私が言葉を続ける中、エルダンはその眉を上へ下へと激しく動かし、私の言葉一つ一つになんとも分かりやすい反応を示してくれる。

「――私は皆で作り上げたこのイルク村が好きで、イルク村に住む皆が大好きで、そしてそんな皆と一緒にイルク村のこれからを作り上げ、守っていきたいと思っている。

今まで散々エルダンに世話になっておいて、一体何を言っているんだと思われるかもしれないが……それはきっと自分達の手でやらなければならないことだと思うんだ。

だからまぁ、これからはこの地の領主として、金も人も自分達の力でなんとかしていきたいんだ」

そう言って一旦言葉を切って、エイマとエリーへと視線をやると、二人は苦笑しながらもしっかりと頷いてくれる。

私はそんな二人をじっと見つめて、頷き返してから言葉を続ける。

「そもそもの話、エルダンが公爵として忙しくなっていく中で、そちらに私達の下に来たいなんて人材はいないのではないか？

セドリオ達やマーフ達やシェフ達のように、領民募集の看板を見て心の底からこちらに来たいと思うのであれば勿論歓迎するが……王様がどうとかエルダンがどうとかでこちらに連れて来られるというのも可哀想な話だろう。

資金だっていくらあっても足りなくなるのだろうし……公債なんて形をとってまで私達に気を使う必要はない。

……王様だってそうだ。そんな大変な状況にあるなら私のことなんかを気にするよりも自分のことを優先して欲しいと、そう伝えて欲しい。

……王様には今のこの生活を手にする為のきっかけを貰った。

……エルダンには今まで生活が安定するまでの助力を貰った。
それでだけでもう私は十分なんだ」
と、私がそう言うとエルダンは難しい表情……というか困ったような表情になり「むむむむ」
と唸る。
そうしてしばらくの間唸り続けていたエルダンは、ゆっくりと頷いてから言葉を返してくる。
「ディアス殿のお気持ちはよく分かったであるの。
……ただ、ディアス殿は二つの重大な勘違いをしてしまっているので、そこを正させてもらうで
あるの。
まず一つ目……僕とディアス殿の関係は、僕が一方的な支援をしていたとかいう関係では決して
ないであるの。
そもそも僕は十分過ぎる程の量のアースドラゴンの素材を頂戴しているし……他にも色々とディ
アス殿のおかげで得をさせて頂いているであるの。
特に公爵位と領地の継承に関しては、父上と僕がひどく揉めてしまったという経緯もあって、陛
下の承認を頂けるまでにかなりの困難を覚悟していた案件だったであるの。
これの解決には様々な手回しや工作が必要で、相応の期間と相応の資金が必要になるはずだった
というのに……それがディアス殿のおかげでこんなにあっさりと承認して頂けたであるの。
父上が所属していた関係で大きな障害となるはずだったマイザー派が弱体化したのも、社交界に

顔を出したこともない僕という存在が陛下に目をかけて頂いたのも、全てはディアス殿のおかげ……この件だけでもどれだけの大きな借りとなっているか、言葉だけでは言い尽くせない程であるの」

そう言ってエルダンはぽんと自分の大きな腹を叩いてみせて、なんとも意味深な表情を向けてくる。

おそらくその表情は「更にはサンジーバニーの件もある」と、そんなことを伝えようとしてのものなのだろう。

「そして勘違い二つ目は公債の件についてであるの。

これについては僕も王様も損をしない話なので安心して欲しいであるの。

公債……つまり国への貸し付けは、持っていればいるほど、貴族としての格が上がるというか、国内における発言権が増すという性格を持っているであるの。

僕はディアス殿の支援をした分だけ公債という名の発言権を得られるので損はなく、陛下も僕という味方の発言権が増える上に、返済を求められることのない名ばかり公債が増えるだけなので損はないという訳であるの。

ある程度の上限が定められている為無制限にという訳にはいかないものの……既に十分な資金を用意しているのでディアス殿が心配をする必要や遠慮をする必要はないであるの！」

そう言って今度は大きな笑顔を見せてくるエルダン。

私はそれらのエルダンの言葉を呑み込んで、その意味を懸命に理解しようとして……先程のエルダンのように「むむむ」と唸る。

そうして懸命に頭を働かせて……全ては私が考えすぎたが故の「空回り」だったのか？　と、そう思い至った――その瞬間、隣の席のエリーから大きな声が上がる。

「お父様のイルク村を自分達の力で大きくしたいという想い！

そしてカスデクス公のお父様を支援したいという想い！　どちらの想いにも応えられる素晴らしい案が私にあるわ！

それはすなわち『道』よ！

カスデクス公？　貴方の大きな馬車でここまで来るのは大変だったのではなくて？

領境には森がある上、この草原も馬車で進むのに適しているとは言い難いわよね！

そこで私は、カスデクス領の最寄りの都市と、このイルク村を繋ぐ大きな街道を造ることを提案するわ！

途中に井戸付き屋根付きの休憩所や、警備用の詰め所も造って……あ、隊商宿も欲しいわね。

道は全ての基本よ！　道さえあればお金も人材も私達だけでもどうとでも出来るわ！

道を造るだけならばお父様の想いには反しないし、その上、立派な街道の敷設にはとんでもないお金がかかるから公債の件もこれで解決よ！　どうかしら!!」

ぐっと拳を握り、その目を爛々《らんらん》と輝かせたエリーに、エルダンが、

「確かにその通りであるの！

街道があれば物や人の流れが自然と出来上がるのは勿論のこと、僕も気軽に遊びに来やすくなるであるの！」

と、同様にぐっと拳を握った上で言葉を返して……そうして二人はどんな街道を造るか、どの街とイルク村を繋ぐかといった話を、それがさも決定事項であるかのような凄まじい勢いで話し合い始める。

そんな二人の勢いというか、言葉の量の多さに圧倒されてしまって、私が何も言えなくなってしまっていると、そんな私の手元にトトトッと歩いてきたエイマが、口元をその両手で隠しながら「うふふ」と笑って、声をかけてくる。

「ちょっとだけ空回っちゃいましたね。

でも、とっても格好良かったですよ。なんて言いますか……ディアスさんらしい感じがして良かったです。

皆と一緒に頑張っていきたいという想いと、イルク村と皆が好きだっていう想いを……こういう場でしっかりと言葉にしてくれたこと、領民の一人として嬉しく思います。

ディアスさんがこれからどうしたいと想っているのか、皆のことをどう想っているのかを聞く機会って今までありませんでしたからね……皆さんもきっと、この話を聞いたら喜んでくれるに違いありません！」

そう言って、先程の私の発言をまとめてあるらしい紙束を両手で掲げて見せてくるエイマ。

恥ずかしいから皆には見せないでくれと言ってもきっと無駄なのだろうなぁ……。

と、そんなことを考えてため息を吐いた私は、ちょうど良いタイミングで人数分のお茶を淹れて来てくれたカマロッツからカップを受け取り……その中身を一気に飲み干すのだった。


それから街道についての話し合いを何処までも白熱させていったエルダンとエリーは、何処にどんな街道を通すかという方向に話を持っていき、そうして二人同時に頷いて立ち上がり、天幕から慌ただしく出て行ってしまう。

……現場を見ながら話の続きをしようと、そういうことなのだろうか。

流石に街道を通すとなったら、村の皆や鬼人族達に意見を聞く必要があり、現場を見てどうこうとかは、それからのことだろうと思うのだがなぁ……。

だからといってあそこまで白熱しているのをここで止めるのも野暮……か、今は二人の好きにさせておこう。

……と、そんなことを考えていると、カマロッツがお茶のおかわりを淹れたポットを持って来てくれる。

エイマ用に作ったらしいくるみの殻製の器と、私のカップにお茶を注いでくれるカマロッツを見やりながら私は、ふいに思い出したことがあり、そのことを口にする。

「そう言えばカマロッツ、以前受け取った手紙に書いてあったが、ジュウハを雇ったんだって？……あの男を雇うとなると色々と苦労があって大変だろう？」

そう言ってカップに口をつける私に、カマロッツは笑顔になって言葉を返してくる。

「……いえいえ。とても優秀な方で、エルダン様だけでなく、わたくしを含めた家臣一同も良い刺激と教えを受けさせて頂いております」

「確かに優秀は優秀なんだがなぁ。色々な面でだらしないからなぁ、アイツは」

「ディアス様のお言葉の通り、奔放過ぎる程に奔放に遊んでいらっしゃるようですが、それ以上にジュウハ殿の教えには価値があります。

特に戦争を嫌い、戦争を避けることを最上としているところが素晴らしい」

カマロッツのそんな言葉に対し、両手で持ったくるみ殻の器を傾けて、少しずつゆっくりとお茶を飲んでいたエイマが、顔を上げて疑問の声を上げてくる。

「ジュウハさんって、以前ディアスさんが言っていた『王国一の兵学者』を自称しているっていう昔のお仲間さんのことですよね？

えぇっと……兵学者さんなのに、戦争を嫌っているんですか？」

そう言って首を傾げるエイマに、私は頷いてから言葉を返す。

「ああ、アイツが言うには戦争はやればやるだけ損をしてしまう、この世で最も効率の悪い、最悪の行いなんだそうだ。

　武器や防具などの物資が失われるし、相応の金もかかってしまうし、何より多くの人命が失われてしまう。

　勝っても負けても損をするばかりで、そんなことを繰り返しているようでは、いずれ『人の世』は衰退してしまって、モンスターの侵攻に敗北することになってしまう。

　同じだけの人材と物資と金をかけて畑でも耕していた方がずっと賢くて理にかなった行いだと、口癖のように何度も何度も……うるさいくらいに口にしていたよ」

　私が昔を思い出しながらそう言うと、カマロッツが補足する形で言葉を続ける。

「故にジュウハ殿は、内政を整え、経済を盛り上げ、文化を栄えさせ、十分な軍備をし、その上で外交を尽くし、戦争を避けることこそが最も優れた兵学であるとしているのです。

　戦争を避けることに全力を懸けるのと、戦争そのものに全力を懸けるのと、果たしてどちらが良いのか……納得の行くお話です。

　それでいて、いざ戦争が起こってしまった際のこともしっかりと考えておられますし、その戦術一つ一つの質の高さには全くもって驚かされるばかりです。

　かつてはその優秀さを買われて王城に仕えていたそうですが、それがどうして野《や》に下ることになってしまったのか……」

そう言って渋い顔になるカマロッツ。

その顔を見ながら私は、ジュウハと初めて顔を合わせた際に確かそんな話を聞かされたなと思い至り「あー」と声を上げながら古い記憶を掘り起こす。

「確かー……お偉いさん達の集まる会議で早期講和を主張しすぎたとかなんとか、そんな理由だったかな。

ジュウハの考え方だと戦争は、多少の損をしてでも良いから兎に角早く終わらせるべきなんだそうだ。

さっさと講和をして国力を回復させて、回復させた国力でもって損を取り返せば良いだろうってことらしい。

そういう訳で、戦争が始まった直後と、王国軍が連敗し追い詰められた際と、それから勝ち始めた時にも早期講和を主張していたらしいんだが……どんな戦況でも早期講和としか言わない無能と見なされたらしくてな、更には敵国と内通しているのではないかとまで疑われて、それで辞めることになってしまったんだそうだ」

私のそんな説明に対し、カマロッツは渋い顔のまま、

「なるほど、それで……」

と、そう言ってから頷いて……何やらあれこれと考え込み始める。

そうして話が一段落したのを見て、エイマは手にしていた器をテーブルの上に置いて、ものすご

い勢いで今の話を記録し始める。

今の話はただの雑談であり、記録する必要はないように思えるが……まぁエイマの好きにさせてやるかとそんなことを考えながら、長話で硬くなった体を解《ほぐ》していると、私の懐の中で、先程エルダンから渡された小箱がカタリと音を立てる。

その音を耳にして、そう言えば封筒と手紙を受け取っていたなと思い出し……まずは封筒の方から確認してみるかと懐から引っ張り出して、封蠟を剥がしてみると、折りたたまれた何枚かの手紙と小さな封筒が姿を見せる。

その小さな、やたらと分厚い紙で作られた封筒には封蠟がされておらず、中には何も書かれていない白い紙が入っているだけで……これは一体何の為の封筒なのだろうか？　と首を傾げていると、そんな私の様子を見てなのか、カマロッツが声をかけてくる。

「そちらは家名を届け出る為の封筒となっております。

中の紙にディアス・なにがしといった形で名前と家名を書き、お渡しした印章でもって封蠟をしてください。

後はわたくし共に直接か、ゲラントに封筒を預けて頂ければ、責任を持って陛下の下に届けさせていただきます。

……期限は一応ないということになっていますが、それでもひと月以内にわたくし共にお届け頂ければと思います」

その言葉を受けて私は思わずといった感じで大きな声を上げてしまう。

「か、家名ってまさか、自分で考えるのか!?」

そんな声を上げた私に対し、エイマだけでなくカマロッツまでがお前は一体何を言っているんだと言わんばかりの表情と視線を向けてくる。

そうして呆れ交じりのため息を吐いたエイマが、半目になりながらこちらに言葉を投げかけてくる。

「新たな家名を『名乗る』権利を頂いたのですから、当然そういうことになりますよ。

そしてこれもまた当然のことですが『家名』ということは、ディアスさんだけでなく、アルナーさんや、セナイちゃんアイハンちゃんもその家名を名乗ることになります。

そのことを踏まえた上で、公爵家に相応しい意味の込められた素敵な家名を考えてくださいね？

子々孫々受け継いでいくものなんですから、変な家名にしないように気をつけてくださいね！」

エイマにそう言われて、お偉いさん達の方でそれらしい家名を考えてくれるものとばかり思い込んでいた私は……これは大変なことになってしまったぞと、両手で頭を抱え込んで、今までに上げたことのないような重い唸り声を上げるのだった。

鈍い頭を懸命に働かせながら――――

翌日。

朝から開かれることになった、エルダン主催の『新公爵の為の公爵と貴族についての勉強会』をどうにかこうにかしのぎ切って……昼を過ぎた頃にようやく自由の身となった私は、ユルトのいつもの場所に座りながら、床に置いた例の封筒をじっと睨み、一体全体どんな家名にしたら良いものやらと頭を悩ませ続けていた。

勉強会で貴族のあれこれを教わって分かったことなのだが、家名とは私の家族だけが名乗るものではなく、私が管理する領地の地名にもなるとても重要なものなんだそうだ。

仮に私の家名を『ユルト』とした場合、この一帯はユルト領と呼ばれることになり、ユルト領という名前に引っ張られる形でこの草原もユルト草原と呼ばれることになっていくらしい。

その上、新しい家名を名乗る権利というものはそう簡単に得られるものではなく、王国建国以来変わることなく引き継がれ続けている家名もあるのだそうで……そんな風に何百年もの長い間、使われ続けることになっても支障のない名前を付ける必要があるんだそうだ。

私の一族の家名として、この一帯の地名として相応しく、使っていくのに支障のない名前……。

そんな大層な名前を、私なんかが思い付けるはずもなく……いっそのことこの封筒を誰かに渡してしまって、その誰かに考えて貰った方が良いのではないか？　と、そんなことを考えていると、

「おう、邪魔するぞ」

と、そう言ってベン伯父さんがユルトの中に入ってくる。

私と向かい合う形で腰を下ろしたベン伯父さんは、床に置いてある封筒を手に取り、中の紙を引っ張りだしながら声をかけてくる。

「新しい家名な、儂の方で考えてやったぞ。

アルナーさんとセナイとアイハンに相談して決めたもんだから、文句はないよな」

そんなことを言いながら懐の中からペンとインク壺を取り出すベン伯父さん。

そうしてその紙に考えた家名とやらを書き込もうとするベン伯父さんに驚き慌てた私は、身を乗り出し、伯父さんの腕をがっしりと掴んで制止しながら言葉を返す。

「ちょ、ちょっと待ってくれ!?

せめて書き込む前に、どんな家名なのか教えて……ください」

「だーから、儂を相手に畏まった言葉を使うなと言ったろう？

もう立派な大人で、その上お前は公爵様なんだ、いちいち畏まるな」

腕を掴まれたことよりも、私の言葉遣いが気になったのか、渋い顔でそう言う伯父さんに、私が

子供の頃にあれだけ厳しく躾けておいて今更そんな無茶を言わないで欲しいと、そんなことを考えていると……私の心の内を読んだのか、なんとも嫌な笑顔になった伯父さんが言葉を続けてくる。

「まぁ良い。お望み通り教えてやるよ。

『メーアバダル』……これが儂とアルナーさん達とで考えてやったお前とこの地に相応しい、新しい家名ってやつだ」

その言葉を受けて伯父さんの腕を離し、居住まいを正した私は、首を傾げながら言葉を返す。

「……メーアバダル？　メーアとはあのメーアのことですか？　バダルという言葉には一体どんな意味が……？」

「アルナーさんが言うにはバダルとは古い言葉で勇士とか勇者とか、そういう意味の言葉なんだとよ。

メーアバダルと繋げた場合には『メーアを守る勇士』とか『メーアの加護を受けた勇者』という意味になるそうだ。

儂としては『守護騎士』や『聖騎士』とか、そんな意味を含んだ単語を使いたかったんだが……まぁ、これはこれで悪くない。

ディアス・メーアバダル……長さも丁度良いし響きも良い。お前も文句はないだろ？」

「文句というか、なんというか……。

どうしてその言葉を家名にしようと思ったのか、理由を聞いても？」

私がそう言うと、露骨に渋い顔になった伯父さんが「察しが悪いなぁ、お前は」と、小さく呟いてから、その理由についてを話し始める。

「家名というか、ここの地名を決めるにあたってお前がまず考えなけりゃならないのは、自分達のことよりも、同じ地に住む隣人……鬼人族のことだろう。

これから先、鬼人族との友好やら融和やらを考えるなら尚の事だ。

『メーアを守る勇士』の草原って名前なら、鬼人族としても受け入れられるだろうし、悪い気分にはならないはずだ。

何しろメーアは彼らの生活の根幹なんだからな。この点についてはアルナーさんにも確認済みだから間違いはない。

ネッツロース……古い王国語で『不要』な草原なんて言われるよりはよっぽど良いはずだろうよ」

ネッツロースという言葉に込められたまさかの意味に驚いて、大口を開けたまま何も言えなくなってしまう私に、一切構うことなく伯父さんは話を続けていく。

「で、次に考えなきゃならないのはこの領の今後のことだが……これから先、メーア布を名産品として売っていくつもりだっていうなら、せっかくの家名だ、利用しない手はないだろ？

メーアバダル公が売り出す、メーアバダル領の名産品メーア布！　なんとも分かりやすくて良いじゃないか。

何だったらこの封筒と一緒に、メーア布のハンカチ辺りを陛下に献上したら良い。陛下ご愛用の品ってことですーぐに話題になって、いざ売る際には飛ぶように売れてくれるはずだ」

そう言って伯父さんは、ニヤリと嫌な笑顔を……先程のそれよりも嫌な笑みを浮かべる。

その笑顔に言い様のない懐かしさというか、嫌な予感を覚えた私は、伯父さんのことをじっと見つめながら言葉を返す。

「……ベン伯父さん。

他にも何か別の考えがありそうというか、何か別の企みがあるのでは？

伯父さんの今の顔……何か悪いことを考えている時によくしていた懐かしい笑顔になっていますよ」

私のその言葉を受けて「ハッ、まぁお前は気付くよな」とそう言って小さく笑った伯父さんは、自分の膝をバンと叩いてから、硬い真剣な表情を浮かべて……ゆっくりと口を開く。

「企みだなんだと言われる程悪いことは考えてないから安心しろ。

……まだ当分先のことになるだろうが、時期が来たら何処かその辺に、立派な神殿を建ててやろうと考えていてな……。

その時にこの家名でいてくれた方がありがたいっていう、ただそれだけの話だ」

そう言って伯父さんは私の疑いの目に対し、真っ直ぐで真摯な目を返してくる。

伯父さんはここに来てから毎日のように犬人族達や婆さん達の話し相手というか、村の皆の相談役を買って出ていた。

その人生経験や神殿に伝わる逸話などから伯父さんが作り出した、伯父さん流のたとえ話を上手く使っての助言や説教はとても評判が良く、順番待ちの列が出来てしまう程の人気となっていて……いずれ伯父さんがそういうことに相応しい場というか、神殿のようなものを欲しがることは予想していたことではあった。

それはそれで構わないというか、問題ないのだが……しかしそのことに家名が関わるとは一体どういうことなのだろうか？

……と、そんな考えをそのまま言葉にすると、真摯な目のまま、伯父さんが言葉を返してくる。

「そりゃぁお前、その神殿にメーアを祀《まつ》るからに決まっているだろう。

例のサンジーバニーって薬草は話によると神々が授けてくれるものなんだろう？　効能からしてあれが本物だってのは間違いないことで、そしてそれをお前に渡したのは言葉を喋るメーアだった。

……つまりメーアは神の御使いってことになるだろうが。

聖人ディア様は神がどんな姿をされているか、神の御使いがどんな姿をされているかを後世にお残しにはなられなかったが……ここに来て儂等はその一端を知ることになった。

神の御使いたるメーアが住む地に建てた神殿にメーアを祀るには極々当たり前のことだし、その地の領主が神の御使いの名を家名に刻み込むというのも当たり前のことだろう――」

伯父さんの目と表情は何処までも真剣なもので……どうやら正気の本気でその言葉を口にしているようだ。

「――まぁ、そうは言っても神殿を建てることになるのはまだまだ先のこと。この村が街と言えるくらいに大きくなって、お前が相応の力を身に付けてからの話だな。それまではまぁ、大人しく皆の相談役をやってやるから、あいつら……お前の両親の為にも頑張ってこの家名に相応しい立派な領主様になってくれよ」

と、そう言って伯父さんは呆然としてしまっている私を見てニヤリと笑い、手にしたままだったペンをさっとインク壺につけて、間を開けずに一気にペンを走らせる。

そうして家名を届け出る為の紙に『ディアス・メーアバダル』と書き込んだ伯父さんは、満足そうに頷いてから立ち上がり、そのままユルトから出ていってしまう。

一人ユルトの中に残されることになった私は、しばらくの間呆然としてから……その紙を手に取り、そこに書かれた文字をじっと見つめて、

「メーアを神殿に祀るとかいう、とんでもない話はともかくとして……まぁ、この家名の意味と響きは悪くないかな……」

と、そんな独り言を呟く。

そうして封筒を手にして立ち上がった私は……封蠟の仕方を教わっていなかったことにそこでよ

うやく気付いて、封蠟の仕方を教わるべく、ユルトを出てエルダン達の下へと足を向けるのだった。

エルダン達の下へと向かい、家名が決まったとの報告をして、もう決まったのかと驚くエルダンに封蠟の仕方を教わり、封蠟をした封筒を預けて……そうして広場の方へと戻ると、忙しなく動き回っている村の皆の姿が視界に飛び込んでくる。

まだまだ昼時だと言うのに夕食用の食卓の準備や、食器の準備をしていたり、焚き火や松明の準備をしていたりしていて……どうやら宴の準備をしているようだ。

つい先日ウィンドドラゴンの件でやったばかりなのになぁと思いつつも、爵位の件と家名の件という大きな祝い事が続いたことを考えると仕方ないというかなんというか……こんな良い機会を宴好きの皆が見逃すはずがなかったな。

竈場から湯気やら煙やらがモクモクと上がり、荷物を持った犬人族達が右へ左へと元気に駆け回り、セナイとアイハンとクラウスとカニスが食卓や広場を飾り立て、婆さん達が細かい仕上げを整えていく。

……と、そんな風に宴の準備が少しずつ整っていく様をぼんやりと眺めていると、竈場での作業を一段落させたらしいアルナーがこちらへとやって来て、声をかけてくる。

「家名の届け出とやらはもう終わったのか？」

「ああ、今さっき済ませて来たよ。後はエルダン達の方で王様のところに届けてくれるそうだ。正式に名乗って良いのは王様からの返信を受け取ってからになるそうなんだが……まぁ、今から名乗ってしまっても特に問題はないそうだ」

「そうか。家名だとかはまだ正直よく分からないが……この草原がメーアバダルと呼ばれるようになるというのは悪くない気分だな」

そう言って村の外、草が風に揺れる草原の方へと視線をやるアルナー。

そんなアルナーの横顔を見つめながら私は、ふと気になったことがあってそれを口にする。

「そう言えば鬼人族には家名という文化自体がないんだったな。

まぁ、私も元々は平民だったから似たようなものなんだが……」

と、私がそう言うと、アルナーがこちらに視線を戻しながら言葉を返してくる。

「そもそも私達にはその平民だ、貴族だという文化自体がないからな。

家名に似たようなものとしては、人が多かった頃に使っていたという、自分が何処の誰かを分かりやすくする為の父称というものがあるが……やはり家名とは別物だな」

「……父称？」

聞き慣れないその言葉に対し私がそう言うと、アルナーは、

「口で説明するよりも実際に見た方が早い」

と、そう言ってから、食卓の飾り付けに夢中になっているセナイとアイハンに声をかけて「父称を」と促す。

するとセナイとアイハンは、ばっと立ち上がり片手を高く振り上げてから、それぞれに
「私はディアスの子、セナイです！」

「わたしはディアスのこ、アイハンです！」

と、なんとも元気に大きな声を張り上げる。

……その息の合った様子から察するに、どうやら私の知らないところで練習していたようだ。

そんな二人の様子を見て満足そうに頷いたアルナーは柔らかな微笑みを浮かべて「よく出来たな」との一言を口にする。

その一言を受けてぱぁっと笑顔を咲かせたセナイとアイハンは、笑顔のままお互いの顔を見合って、

「ちゃんと出来た！」

「できた！」

と、声を上げ手を取り合い、嬉しそうにピョンピョンと飛び跳ねて、二人が満足するまでそうしてから……自分達の仕事を思い出したのか食卓の飾り付け作業を再開させる。

微笑ましげにそんな二人の様子を見つめていたアルナーは、二人が食卓の飾り付けを再開させたのを見てから口を開く。

「ああやって自分が誰の子かを名乗るのが父称だ。

村がいくつもあったころは何処の村の誰の子、と名乗ることもあったらしいな。

結婚していれば誰の良人で、誰の嫁でと名乗る場合もあるし、偉大な祖父がいる場合は、父だけでなく祖父の名も一緒に名乗る場合もある。

そういう点だけを見れば家名と似たようなものなのだろうが……貴族しか名乗らないだとか、地名にもなるという点で違いがあるな」

「なるほどなぁ……確かに家名に似ているような感じだが、家名よりも詳しく、分かりやすく説明をする、という感じなんだな」

「ああ、詳しい説明をしたならしただけ丁寧な挨拶をした、ということになるんだ。

そして丁寧な挨拶をされた場合は、相手にされたのと同じ程度の挨拶を返すのが礼儀とされている」

「なるほどなぁ……」

今更鬼人族達と挨拶することもないだろうが、それでも礼儀と言うのなら覚えておくか……と、今の話を頭の中に刻み込んでいると「そう言えば……」とアルナーが言葉を続けてくる。

「……ディアスの家名が正式に決まった場合、何処の誰までがその家名を名乗ることになるんだ？」

「うん……？

何処の誰までとはどういうことだ？」

「家名については詳しくないが、その呼び方からディアスが名乗るのは分かる。嫁である私が名乗るのも分かる。

一緒に暮らす子であるセナイとアイハンが名乗るのも分かるのだが……そうなるとアイサやイーライ、エリーも名乗るのか？　他の育て子達は？

ベン伯父さんはどうだ？　ディアスの両親がもし生きていたら両親も名乗るのか？」

そう言って首を傾げるアルナーに、私はなるほど、そういうことかと頷いてから、言葉を返す。

「ああ、なるほど……そこら辺については今朝の勉強会で教わったよ。

私の家名を家族の誰が名乗るかどうかは、私が決めるんだそうだ。

伯父さんや両親に名乗らせても良いし、養子を含めた子供達に名乗らせても良い。

ただし家名を名乗る以上は王国貴族の一員としての貴族らしい振る舞いが求められることになるそうだ。

家名を名乗った者が相応しい振る舞いをしなければ、家名が傷つくことになり、私の評価が傷つくことになると、そういうことらしいな。

それと子供達に家名を名乗らせた場合は、家の後継者あるいは後継者候補であると正式に認めたことになるそうだ。

だからまぁ……セナイとアイハンを含めた皆が名乗るかは本人達が望むかどうかによるかな」

セナイとアイハンには実の両親への想いがあるのだろうし、アイサ達にはそれぞれの生活、それぞれの家族がある。

エルダン達にあれだけ根気強く、丁寧に教わっても、全然というか全くというか、あまりにもややこしすぎて覚えきれなかった貴族らしい振る舞いとやらを強制するのも酷に思えるし……全ては本人の希望次第だろう。

と、そんなことを私が考えていると、アルナーがいつもの微笑みを大きくしたかのような、普段の笑顔ともまた違う……なんとも幸せそうな表情になって言葉を返してくる。

「本人が望めば名乗って良いのか？

王国貴族としての家名を私が名乗っても？　セナイとアイハン、エリーが後継者になっても良いのか？

私に子が出来たとして、その子達が名乗っても良いのか？」

「ん？　んんん？　それはまぁ勿論構わないが……あくまで本人次第だからな？　強制とかは一切なしだぞ。

……この貴族らしい振る舞いというのが、全く訳が分からないというか無闇矢鱈に複雑で、子供にこんなことをさせて良いものかと思ってしまう程でなぁ。

ああ、そうだ、明日もエルダン達の授業があるそうだから、アルナーも出てみると良い。

如何に面倒くさいものか、それで分かるはずだ」

なんだってまたそんな笑顔になっているのかと、疑問に思いながらそう言葉を返すと、アルナーは一段とその笑顔を大きくして、なんとも言えない笑い声まで漏らし始める。

そうして一頻《ひとしき》り笑ったアルナーは、それで話を切り上げて、

「さぁ、今日の宴はいつも以上に盛大にいくぞ！」

と、宴の準備に勤しんでいた皆に向けてそう言って、そのまま竈場へと……「一体何事だ!?」と声を上げる私に構うことなく戻ってしまうのだった。


妙に張り切ったアルナーが皆を引っ張る形で宴の支度をいつも以上に豪華に仕上げて、せっかくだから参加しないかとエルダン達に声をかけて……そうして夕刻。

いつもとは比較にならない程に盛り上がっての宴が開始となった。

宴本番となって、より一層張り切った様子で宴を楽しむアルナーと、そんなアルナーに触発されたのか妙に元気な様子で駆け回るセナイとアイハン。

そこにエルダンの快調を喜ぶエルダンの妻達や従者達が加わって……本当に今までにない程に賑やかだ。

そうした宴の様子を広場の中心に作られた主賓席というか、一番目立つ席に並んで座り、あれこれと言葉を交わしながら眺める私とエルダン。

そんなエルダンの手の中には、アルナーが作ったエルダン用の食事があり……エルダンはそれをゆっくりと、なんとも美味しそうに味わっている。

薬湯に砕いたチーズとガチョウの卵を加えて煮込んで、そこに小さく丸めたパン生地と、細かく刻んでお湯でふやかした干し肉と干し茸を入れて更に煮込み、仕上げに刻んだ薬草をかけて完成。

薬湯かゆと言えば良いのか、薬湯スープと言えば良いのか……薬草がたっぷりと入っているせいで好みの分かれる独特の味わいとなっているのだが、その独特さがエルダンの舌に合っていたようだ。

一杯で終わらず、二杯三杯とたいらげて、これで四杯目。

それでもエルダンの手に握られた匙《さじ》は止まることなく動き続ける。

「ふぉぉ……この煮込んだパン生地のもっちりとした食感、たまらないであるの。お米を砕いてパン生地に混ぜるというのは全くの盲点だったの、今度うちの料理人にもやらせてみるであるの」

そんなことを言いながら四杯目を綺麗にたいらげたエルダンは、ようやく器と匙を手放し……一段と大きく膨らんだ腹を撫でながら声をかけてくる。

「とっても賑やかで皆が笑顔で、美味しい食事がいっぱいの素敵な宴にお招き頂きありがとうであるの！

こんなに美味しくて楽しい宴は初めてかもしれないであるの」

そう言って満面の笑みとなるエルダンに私が、

「楽しんでもらえたなら良かったよ」

と、そう返すとエルダンは、満面の笑みのまま何度も頷いて……そうしてから何かに気付いたような表情となり、セナイとアイハンの方へと視線を移して、その首を傾げながら疑問の声を投げかけてくる。

「アルナーさんがあんなにも喜んでいる事情については、今ほどのディアス殿のお話からよく分かったであるの。

……で、あちらのお子達、セナイちゃんとアイハンちゃんがとっても元気なことにも何か事情がおありであるの？

時折こちらや、カマロッツの方を見つめてきているようだけども、僕達に何か関係が……？」

と、そう言ったエルダンの視線の先では、先程まで広場中を右へ左へと駆け回っていたセナイとアイハンが何故だかその動きを止めていて、二人で並んで立ちながらじぃっとエルダンのことを見つめて……しばらくの間そうしてから、にっこりとした笑顔になったかと思えばまた元気いっぱいに広場の中を駆け回り始める。

そんなセナイ達の様子を見て……少しの間考え込んだ私は「恐らくだが……」との前置きをしてから、エルダンの疑問に答えていく。

「セナイとアイハンは宴云々よりも、エルダン達が元気になってくれたことが嬉しくてああしているのだろうな。

　セナイ達は病のせいで両親と死に別れているから……それで重い病というか、病全てに思う所があるようなんだ。

　病を抱えていたエルダン達が元気になってくれて、そのきっかけというか、一助になれたことが嬉しいに違いない。

　……少し大げさだが両親の仇を討ったような、そんな気持ちなのかもしれないな」

「……なるほど、そういうことであればあの笑顔も納得であるの。

　仇を討ったというよりも、病を乗り越える為のその手伝いをしたことによって、あの子達なりの一区切りをつけた、ということかもしれないであるの」

　と、そう言って温かい笑顔となったエルダンが、セナイ達へと温かい視線を送っていると、楽しそうなセナイ達の様子に触発されたのか、何人かの犬人族達がセナイ達の下へと駆けていって、一緒になって駆け回り始める。

　そんな様子を見てエルダンは、自らの顎を撫でながら「ふーむ」と唸り……そうしてから口を開く。

「……小型種の犬人族達が大人しく仕事に従事している姿にも驚かされたであるが、あんな風に他種族と仲良く遊んでいるという姿を見ると、また一段と驚かされてしまうであるの」

「あー……以前話に聞いた小型種の問題云々の話か？

環境が犬人族達の性に合っているのか何なのか、こちらに来てもらって以来、犬人族達の性格というか、その個性に困らされたことは一度もないな。

むしろ犬人族達の何処に問題があったのかと不思議に思うくらいだ。

マスティ達は領兵として頑張ってくれているし、シェップ達は馬や家畜達の世話を頑張ってくれているし、センジー達は畑仕事やセナイ達のお守り役として頑張ってくれている。

犬人族達には色々な場面で助けてもらってばかりで、本当に感謝しかないよ」

私がそう言葉を返すとエルダンは、難しい顔をして両腕を組んで、そうやって何やら考え込んでいるのかうんうんと唸って……そうしてから言葉を返してくる。

「……世の中にはまだまだ、僕なんかの器では理解しきれないことが一杯あると、改めて痛感したであるの。僕もまだまだ精進が足りないであるの。

そして……改めてディアス殿との縁をありがたく思うであるの。

サンジーバニーの件がなかったとしても、この光景を見せてもらえただけでも僕は十分な感謝と幸福感を抱いたに違いないであるの」

そう言って一旦言葉を切り、またも満面の笑みとなったエルダンは私の方に向き直り……少しだけその声を重くして言葉を続けてくる。

「その上、ディアス殿達には僕の未来を……新たな可能性を開いてもらうことにもなって、本当になんと言ったら良いのやら。

……金品でのお礼が出来ない分、改めて言葉にさせて頂くであるの。

本当に本当に、僕は心の底からディアス殿達に感謝しているであるの……！

今までの僕は、世の中を変えてみせるという大きな夢を抱きながらも……心の何処かでこの体では、短い人生では成し得ることは出来ないだろうという、諦めのような感情があったであるの。

でもこれからは……これからの僕は違うであるの。

夢を夢のままではなく、現実的な目標として頑張っていける、その土台を頂戴した以上はもう……やってやるしかないであるの！」

力強く、万感の思いを込めたといった様子でそう言ってくるエルダンに、私は何も言い返せなくなってしまう。

全ては偶然の結果というか、たまたま起こった流れでそうなってしまったというか……エルダンの為を思ってそうした訳でもないのに、そこまで感謝されて良いものなのかと分からなくなってしまったからだ。

そんな私の思いも見透かしてしまっているのか、無言のままでいる私を見て、その笑みを更に大きなものにするエルダン。

「これから僕は、ここで見た光景を……様々な種族が一つになって笑顔になれる光景を世の中に広げる為に今まで以上に頑張っていくつもりであるの。

という訳で僕は、改めてディアス殿……いえ、メーアバダル公の協力と、応援を頂けたらと思っているであの……！」

そんな、何処までも真っ直ぐなエルダンの言葉を受けて私は、

「エルダンのその想いの大きさに比べたら、私に出来ることなんか本当に小さいことなのだろうが……それでも、その小さなことで良いと言うのなら、私も全力でそれに応えることを約束しよう」

と、自分なりの……精一杯の言葉を返すのだった。


翌日。

日課だの家事だのを手早く済ませて、今日も朝からエルダン主催の貴族に関する勉強会だ。

今日から私だけでなくアルナーも一緒に参加することになり……幕屋に用意された椅子に二人で並んで座り、幕屋の中を右へ左へと歩きながら機嫌良く語るエルダンから貴族に関するあれこれを教わっていく。

そもそも貴族だとか平民だとかいう『貴族制』を考え出したのは建国王なんだそうだ。

今よりもずっと広かったという国土を管理する為に貴族制を考え出し、競い合うことで成長するようにと貴族階級を定めて、その最上階級である公爵には王族の暴走を防ぐ為の様々な特権を与えた。

それらの特権の中には他の階級にはない、誰もが羨むような凄まじいものがいくつもあり、公爵

になりたいとの意欲を沸かせることで健全な努力と成長を促す意図もある……とかなんとか。

その分公爵になるには厳しい条件がいくつもあるんだそうで……エルダンは公爵家の嫡男ということでその条件を満たしており、私は戦争での活躍とドラゴン討伐、ドラゴンの魔石の献上でその条件を満たしていた……ということになるらしい。

そして公爵だけが持つ特権について。

下位貴族への叱責権やら何やらと、法律や税金に関する何やらと……あまりに多すぎて覚えきれなかった程の特権を公爵は持っているらしい。

その中でも特に驚かされたのが、摂政として王様を支える立場になれることや、公爵全員の賛同を条件にした王様への罷免権、半数以上の公爵の賛同を条件にした王子王女の廃嫡を決定する権利で……公爵とは私が考えていた以上に偉い存在であるらしい。

「――そうした特権の中でも、僕が特に重要視しているのが『領地の裁量権』であるの。

陛下に逐一お伺いを立てる必要なく領地を売買出来たり、あるいは無人の土地を開拓することで領地として獲得することが出来たりと、この権限の持つ力はとんでもないものであるの。

カスデクス領が今の広さとなったのも、父エンカースがその財力でもって近隣の領地を買い広げたからであるの。

領地を買い広げることで更なる発展をしていくというのも一つの道、あるいは逆に領地を売って得た収入で納税をしたり経営を安定させたりするのも一つの道ということであるの」

大きな木の板を幕屋の奥に立てて、そこにカスデクス領の地図を貼り、地図のあちらこちらを指し示しながらそう言うエルダン。

その様子を見ながら首を傾げた私が「なるほど」と呟き、アルナーがしっかりと「なるほど」と頷くと、エルダンはコホンと小さな咳払いをしてから、居住まいを正し私達の方をしっかりと見据えて言葉を続けてくる。

「と、いう訳でディアス殿……ここで一つ実践をしてみるであるの。

僕達の領の境界にあるこの森の、こちら側半分をディアス殿にお売りしたいと思うであるの。

ディアス殿が相応しいと思うお値段を提示して欲しいであるの」

地図の森の辺りを指しながらさらりと、とんでもないことを口にするエルダン。

それはまさかサンジーバニーの件の礼のつもりなのかと、そんな言葉を私が口にしようとすると、エルダンはそれを読んだのか、私が口を開くよりも先に顔を左右に振って否定の意を示してくる。

「あの件のお礼ではないであるの……流石にいくらなんでも僕個人のお礼を理由に、領民の財産たる領地は譲らないであるの。

譲ろうという決心自体に少なくない影響があったことは否定しないものの、対価はちゃんと頂くつもりであるので安心して欲しいであるの。

……それにこれはディアス殿『達』にとっても必要なことだと思うであるの。

この目で見させて頂いたディアス殿『達』のお家や生活の中で使っている木材は、果たして何処から手に入れたものなのかと……そういうお話であるの」

妙に神妙な、硬い表情で『達』という部分を妙に強調しながらそう言ってくるエルダン。

その言葉の意味が、意図が分からず、私は首を傾げながら言葉を返す。

「ユルトやら何やらの木材は……アルナー達の村から譲ってもらった物になるが……」

「では、その木材を『アルナーさん達』は一体何処から調達していたであるの？」

私がそう言うのとエルダンは、またも『アルナーさん達』という部分を強調しながら言葉を続けてくる。

その言葉を受けて私が「まさか……」と思いながら隣を見ると、アルナーは無言でさっと顔を逸らす。

あまりにも露骨なその態度が『エルダンの領地である、あの森から盗んでいた』という事実を如実に示していて……私はなんとも言えずに「あー……」との唸り声を上げる。

確かに言われてみれば私達はユルトやら何やら、生活の各所でかなりの量の木材を使っている。

私はそれらを鬼人族達から譲ってもらうばかりで気にしてもいなかったが……そもそも鬼人族達が何処からその木材を調達していたかを考えてみると、その答えはあの森からということになるのだろうな。

基本的に草原にない資材はゾルグのような遠征班が調達しているか、村人達が近場から調達しているかのどちらかからしいのだが……それはつまり、他所から資材を持ってきているという……盗んで来ているということになる訳で、エルダンはそのことに気付いた上で、こう言ってくれているのだろう。

……妙にアルナー達のことを強調しているのは、私が鬼人族達のことについてを詳しく語っていないことに対する気遣いなのかもしれないな。

「木材が必要だから売って欲しいとのお声をかけて頂ければ、必要な分をこちらで用意してお売りするという選択肢も勿論存在しているであるの。

ただその度に事務処理だのといった手間をかけるくらいなら、いっそのこと十分な対価を頂いた上で領地をお売りしてしまうというのもまた、一つの選択肢であるの。

『この件』が今後の揉め事にならない為にも、これは必要なことであるの。

……と、いうわけで『この件』に関してはここでさくりと解決してしまうであるの」

続くエルダンのそんな言葉に、私は「ふぅむ」と唸り、考え込む。

仮に私がエルダンの森に手を出さないようにしてくれと頼んだとしても、鬼人族達が素直に従ってくれるかどうかは……微妙な所だろう。

……いや、木材が生活に欠かせないものである以上は、これからも手を出し続けてしまうに違いない。

ならばいっそのこと、あの森を私達の領地にした上で、堂々と木材を調達させたら良いと。そういう訳か……。

「あの森を買う必要があるというのはよく分かったが……相応しい値段を付けるというのは、なんとも難しいものだなぁ。

土地の値段なんか全然分からないし、今支払えるものといってもなぁ……」

考え込んだ末に私がそう言うと、エルダンはにんまりとした笑顔になって言葉を返してくる。

「そこが公爵様の大変なところであるの。

値段の交渉に、支払いの為の工面、お互いの利害の調整に、誰かが住んでいる土地であれば住民の説得も必要であるの。

自由に出来る特権があるからといって何でもかんでも思う通りに行く訳ではない……そのことをしっかりと胸に刻み込みながら考えて欲しいであるの」

そのエルダンの言葉に従って、しっかりと胸に刻み込みながら私は「ふーむ」と唸り、何度も唸り……ありったけを出すしかないか？　と、そんなことを考えて言葉を口にする。

「今私達に出せるものといったら、いくらか余っている金貨と、ウィンドドラゴン二匹半の素材くらいのものだが……それでどうだろうか？」

私がそう言った瞬間、にんまりとした笑顔のままエルダンが硬直する。

しばらくの間硬直し続けて、硬直したまま少しだけ顔色を悪くして、重いため息と共に言葉を吐き出す。

「ディアス殿……またであるの？　またドラゴンであるの？

しかも二匹と半分って、それはいくらなんでもずるいであるの……。

価値としては十分……いや、希少さを考えたら余る程で、それだけあれば解決なんだけども……なんだかとってもずるいであるの!!」

そう言って、がっくりと肩を落としてしまうエルダンを見て私は、そう言えばエルダンにはウィンドドラゴンの件を話していなかったな……と、そんなことを考えながら、なんと言葉を返したら良いものやらと頭を悩ませるのだった。


ウィンドドラゴンの素材はアースドラゴン程の硬さはないものの、それなりに硬く、それでいてとても軽く、武器や防具だけでなく様々な道具や細工の部品としてとても重宝されているんだそうで、その希少さも影響してかなりの……アースドラゴンの素材にも負けない程の価値があり、それが二匹半ともなれば辺境の森の代金としては十分らしい。

そういうことであれば、私としてはもう素材全部を渡して終わり、という形でも良かった……のだが、それでもこれは勉強会だ。形だけでも良いから交渉に挑戦してみて欲しいとエルダンに言われて、そうしてエルダンとの交渉に挑んだ私は……自分で交渉しようだとかはすっぱりと諦めて、今後こういった交渉が必要な場合にはエリーに丸投げしようと心に決めることになった。

服だとか食料だとか、そういった身近な品の話ならまだしも、土地やらドラゴンの素材やら、その土地ごとの価値観やら、経済の流れなどといった大きな話となると、ついていけないというか、想像が及ばないというか、どうにも手に負えず……それならばいっそ、商売を生業《なりわい》としていたエリーに任せた方が良いだろうと考えてのことだ。

私の出したそんな結論に対し、エルダンは、

『それはそれで一つの答えとしてありだとは思うであるの。全てのことを自分一人だけでこなすなんて無理がある話で、その為に仲間を、部下を集めて頼るというのはとても大事なことであるの。

……とはいえ、それらをまとめ上げる長が何も知らないでは、何か問題が起きた時に正しい判断が出来なくなってしまうであるの。

故に勉強はとても大事で、決して手を抜いてはいけないものなのであるの！』

と、そう言って勉強会により一層の熱意を込めるようになり、私とアルナーにあれこれを……覚えきれない程のあれこれを教えてくれたのだった。

そうやって勉強会を開く傍ら、エルダンはエリーとの街道についての話し合いや、領地とウィンドドラゴン素材の取引に関するちゃんとした方の交渉もしっかりと進めていったようだ。

街道はエルダン達が暮らしているという街、メラーンガルから真っ直ぐに敷かれ、森を貫き、草原を貫き、イルク村の側を通る形で、だいたい草原の真ん中辺りまで敷かれることになるらしい。

それ以上の街道を敷きたい場合は別途の支払いが必要で、エリーとしては色々と考えがあるよう

だが……まぁそれに関しては追々というか、当分先の話になるだろう。

森の代金についてはエリーが頑張ってウィンドドラゴン2匹分の素材で、という形でまとめてくれた。

話がまとまったなら、森の地図にどの部分を売買したと示す線を引き、そこに私とエルダンの印章で印を押し、何枚かの書類を書いてそれにも印を押す。

その地図と書類の写しを二組作ったら、それぞれを私とエルダンが持ち、原本を王様の下へと送れば、それで領地の売買に関する手続きは完了となるそうだ。

そんな風に勉強会と交渉を順調に進めていって……三日後。

ここに来た目的であった公務と勉強会と交渉を綺麗さっぱりと終わらせたエルダンは、色々とありはしたものの、想定していた以上の結果を得られて良かったと、なんとも嬉しそうに……少し浮ついてしまっているようにも見える程の喜び様で自領へと帰っていったのだった。

……私の手元に『おさらい用』と題された一冊の本を残して。

その本にはエルダンが開いてくれた勉強会の内容が事細かに記されていて、私がいつでも勉強出来るようにと、予め用意しておいてくれたものなんだそうだ。

私が一度の勉強会では覚えきれないであろうことを予測していたとも言えるその一冊には……まあ、うん、今後貴族や公爵に関する何かがあった際には頼らせてもらうとしよう。

兎にも角にもそうして、エルダンの来訪から始まった慌ただしかった日々は終わりを告げた……

のだが、それから数日が過ぎた日の昼過ぎ、また新たな騒動が起こってしまう。

それは森が私達の領地となると知ったセナイとアイハンが広場で起こした……。

「行きたい行きたい！　私達の森に遊びに行きたい!!」

「くるみひろい！　きのこがり！　やくそうつみ!!」

との大声を上げながら全力で地団駄を踏んでの大騒ぎだ。

なんでも両親と暮らしていた頃のセナイ達は深い森の中で日々を暮らしていたんだそうで……その頃の楽しかった思い出に触発されてしまった結果、我慢が効かなくなってしまったらしい。

セナイ達がこんなにまで激しく意思表示をすることはとても珍しいことで、出来ることならその願いを叶えてやりたいとは思うのだが……今セナイ達をあの森に行かせる訳にはいかない。

大方の手続きが終わったとはいえ、まだまだあの森はエルダン達の領地であり、私達の領地とは言い難いからだ。

王様の下に書類だとかが届くのは当分先のことだろうし……もう何日か経ってエルダン達が落ち着いた頃であれば森に入って良いかと相談してみるという選択肢もあったのだがなぁ……。

と、そんなことを考えながら、セナイとアイハンの前に跪いてなんとか二人を宥めようとしていると、大小様々な大きさ、様々な形の籠を持ったアルナーが、私達の下へとやってくる。

「セナイ、アイハン、そしてディアス。

こちら側の森の浅いところであれば入っても良いという許可は、私の方でエルダンから貰っておいたから安心すると良い。

何しろもう秋なんだ……面倒な手続きが終わるまでただ待たされるなんてのはまっぴらだからな」

と、アルナーにそう言われて……そこで初めて私はいつの間にやら日差しが弱くなり、吹いてくる風が冷たくなっていることに気付く。

まだまだ肌寒いという程ではないが……夏とも言い難い、秋の入り口といったところだろうか。

「冬混じりの不安定な春が過ぎて、太陽の力が降り注ぐ夏が終わったなら、今度は収穫と冬備えの秋の始まりだ。

太陽の力をたっぷりと蓄えた木の実を拾って、飼葉を作って、狩りをして干し肉を作って、ユルトの冬囲いを済ませてと……セナイとアイハンどころか、メーア達の手すらも借りたくなる程、忙しい日々となるぞ！

セナイとアイハンも、今日からは毎日のように森に行って貰うことになるからな、覚悟をしておけ！」

続くアルナーのそんな言葉を耳にしたセナイとアイハンは、途端に満面の笑みとなって、その場でピョンピョンと元気いっぱいに飛び跳ね始める。

「森に！　行けるーー！」

「まいにち！　まいにち！」

飛び跳ねる度に繰り返されるそんな二人の声を耳にしながら、私はアルナーに……少なくない不安を込めた声を返す。

「……草原の秋とはそんなにも忙しいものなのか？」

「ああ！　もう寝るのが惜しくなるくらいに忙しいぞ！

ちょっとした楽をしても許される太陽の力に溢れていた夏はもう終わった！

これから始まる秋は備えを蓄える為の、働き者の為の季節になるぞ！」

私の不安に気付いているのか、いないのか……そして一体何がそんなに嬉しいのか、アルナーはセナイ達にも負けない笑顔で、そんな元気いっぱいの大きな声を返してくるのだった。

鬼人族の冬備えには守らなければならない、いくつかのルールがあるんだそうだ。

秋を告げる渡り鳥が姿を見せたら始めること。

狩りの際はメスに手を出さないように気をつけること。

他の家との資材や獲物の取り合いは絶対に避けること。

飼葉は村から遠い場所に生えている固い草を使って作ること、また必要以上に作りすぎないこと
……などなど。

そしてつい先程、その渡り鳥が姿を見せたんだそうで、それでアルナーは冬備えを始めようと、事前に準備しておいた籠を引っ張り出して来たと、そういうことらしい。

「冬備えは主に南の荒野で岩塩拾いと、草原で飼葉作りや狩りと、森で資材や食料の採取をすることになる。

荒野の岩塩拾いは犬人族達に任せておけば問題ないだろう、既に何度かやって貰ったこともある簡単な仕事だからな。

飼葉作りや狩りはクラウスに任せておけば問題ないだろう、どちらも覚えがあるそうだからな。

だが森での冬備えはその食料に毒があるかどうか見分ける知識が必要で、細かいルールを覚える必要もある厄介な仕事だ、人任せには出来ない。

幸いセナイとアイハンはやる気に満ちているようだし、ディアスは木を割るのに丁度良い斧を持っている……という訳で私達が森の担当だ」

そう言って私用と思われる背負い籠を手渡してくるアルナー。

その中には森歩きの為と思われる背の高い革ブーツと、肘まである長い革手袋と、フード付きの革のマントと、麻袋とナイフといった採取に必要な道具が入っていて、自分達用の籠を受け取ったセナイ達は早速とばかりにそれらを身に着け始める。

「あー……これから毎日森まで行くのか？

近場の鬼人族の村とかならともかく、森まで行って向こうでどうこうするとなると、出産が近いフランソワのことが心配なのだが……」

籠の中の品を検めながら私がそう言うと、アルナーはさらりとした態度で言葉を返してくる。

「そのことなら心配はいらないぞ。ベン伯父さんが上手くやってくれているからな」

「伯父さんが……？」

「ああ、フランソワだけでなく出産が近い犬人族達にとっての良い相談役というか、良い話し相手になってくれているんだ。

生命を産み出すということの尊さや、出産に際しての心構えや、育児のコツや、出産にまつわる様々な寓話を語り聞かせることで彼女達の不安を解してくれているようでな……出産間近のメーアの心をあそこまで穏やかにしてみせるとは、全く驚かされたよ」

そう言ってアルナーは一旦言葉を切り、ベン伯父さんのユルトの方へ感心したというような表情を向けてから言葉を続ける。

「私達も母や祖母といった年長者達から助言を貰うことはあるが、ベン伯父さんのあれは全くの別物だな。

言葉に力があると言えば良いのか、異様なまでに口が上手いと言えば良いのか。

……まとう雰囲気や仕草、その息遣いまでが魔力を帯びているかのようだ」

夜になると襲ってくる暗闇が怖い、突然襲ってくる災害が怖い、予測の出来ない未来が怖い。

そういった人の力ではどうしようも出来ない恐怖を、人々の心から取り除くのが神殿に務める神官の仕事であり、神官として長い間務めていた伯父さんの本領発揮という訳か。

「なるほど……そういうことならフランソワのことは伯父さんに任せるとしようか。ただ事が出産だからな、何かあればすぐに村に戻るぞ？」

私が頷きながらそう言葉を返すと、アルナーは、

「ああ、それは勿論だ。村に何かあればすぐに犬人族達が報せてくれる手はずになっているから安心しろ。そして出産も大事だが、冬備えも大事……決して疎かには出来ない一大事だ！　ディアスも着替えたり戦斧を取ってきたりと支度を急げ、支度が終わったならすぐにでも出立するぞ！」

と、そう言って会話を打ち切り、身支度を整え始める。

そうして私は、アルナーに急かされながら身支度を整え、戦斧を肩に担ぎ、籠を背負って……一応フランソワの下へと顔を出し、出かけても問題ないかとの確認を取った上で、アルナー達と共に森へと向かうのだった。

早秋の森の中で——

「森の中は食料の宝庫なのだが、同時に毒の宝庫でもある。

毒木の実にキノコに毒草に、毒虫に毒蛇に毒モンスターに。

だから森では採取どうこう以前に、歩くだけでも様々な注意が必要で、しっかりとルールを覚えなければならない……はずなんだがなぁ……」

森に入って少し経った頃、アルナーがボヤいているかのような声色でそんな言葉を口にする。

なんとも苦い表情をしたアルナーの視線の先には、森の中を危なげなく軽快にピョンピョンと跳ね回るセナイ達の姿があり……アルナーの話を聞くまでもなくそう出来てしまっている二人に色々と思う所があるらしい。

「……いや、あの二人だけの話ではないぞ？

ディアスもディアスで随分と手慣れている様子じゃないか」

美味しそうな茶色の傘のキノコを見つけて摘み取って、虫食い部分をナイフで切り落としゴミを払い、籠の中にしまったところでそう言われて、私は「うん？」と首を傾げる。

「そうか……？

……まぁ王国東部は森が多いからなぁ、孤児だった頃も戦争中もなんだかんだと森の食料には世話にはなっていたかな。

ああ、毒があるかどうかの判別に関しては、確実に安全だと分かっている物以外には手を出さないから、そこは安心して欲しい」

そう言って二つ目のキノコを摘み取って、先程のように虫食い部分を切り落としていると、アルナーがその様子を恐る恐るといった様子で覗き込んでくる。

「……そもそも私は、キノコなんかを食べようとしていること自体に驚きを隠せないのだがな？

毒を持たないキノコなんて存在していたのか……」

「んん……？

……ああ、そう言えばアルナーの料理にキノコが入っていたことは一度もなかったな。

キノコは焼いても良いし煮ても良い、干して保存食にも出来るから悪くないんだ。

草原ではあまり見かけないから食べようという発想すらなかったのかもしれないが、森の中にはかなりの数の食べられるキノコが生えているからな、採れるだけ採っていこう」

と、私がそう言うと、なんとも疑わしげな目で私を見つめたアルナーは、嘘を言ってやしないかと魂鑑定の魔法を発動させせまでして……そうしてから渋々、本当に渋々といった様子で頷く。

そうしてから近場に生えていたキノコに手を伸ばそうとしたアルナーに対し、私が、

「ああっと、そのキノコは毒持ちだ。同じ茶色でよく似ているがそっちは毒で、こっちの傘がふっくらとしたほうが食べられるキノコだから覚えておくと良い」

と、声をかけると……アルナーは今までに見たことのない、渋くて苦い表情を浮かべるのだった。


私とアルナーがあれこれと言葉を交わし合っている間、森の中を元気いっぱいに楽しそうに跳ね回っていたセナイとアイハンが、何かを見つけでもしたのかはたと動きを止めて……そうしてタタッと凄まじい勢いで駆け出す。

無我夢中といった様子で駆ける先には一本の大きな木があり、そちらへと視線をやった私とアルナーは、それが何の木であるのかに気付いて異口同音に「ああ、なるほど」との声を漏らす。

大きく広がった枝に大きな葉っぱ、たっぷりと実を連ねたその木は、二人の大好物であるくるみの木だったのだ。

くるみの木の側へと駆け寄った二人は、肩から下げていた紐付き籠の中からナイフと手拭いを取り出して、周囲に転がるくるみの実を拾い始める。

膝を曲げてしゃがみ込み、良いくるみを選び取ろうとしているのか目を爛々とさせながらくるみを拾い、ナイフで外皮を削ぎ落として、手拭いで殻を綺麗に磨いてから籠の中へ。

そうやって周囲に転がるくるみの三割程を拾ってから立ち上がり、次の獲物を探しているのか周囲に視線を巡らせ始める。

「ふむ……。

セナイ達はわざわざ教えてやらなくとも冬備えのルールをよく理解しているようだな」

その様子を見つめながらそう呟いたアルナーに、私は摘み取ったキノコの処理をしながら言葉を返す。

「セナイ達の様子からすると……そのルールというのは『穫り過ぎ禁止』辺りになるのか？」

「そうだな。

一つの木から穫り過ぎるというのは新たな芽吹きの妨げとなってしまうし、実を欲する他の家や、獣達の妨げにもなってしまう。

獣達が飢えて死ねば巡り巡って私達も飢えることになるので穫り過ぎは厳禁だ。

他にもセナイ達は、地面に落ちて日が経ちすぎているものには手を出さない、森のごみはなるべく森に捨てていくなどのルールをしっかりと守っているな」

「なるほどなぁ。……お、セナイ達が次の獲物を見つけたようだぞ」

何かを見つけたらしいセナイ達が、力いっぱいに両手を振り回しながら「あっち！　あっち！」と声を上げていて……私とアルナーは会話を打ち切って、セナイ達の方へと足を向ける。

セナイ達と合流し、セナイ達の示す方向へと足を進めると、そこには小さな赤い実をたっぷりとつけた木の姿があり……どうやらセナイ達はローワンの木を見つけたようだ。

「これはまた、随分と実りの良いローワンだなぁ」

と、私がそう言うと、アルナーが先程のような渋苦い表情をしながら声を返してくる。

「……あの木はローワンという名前なのか。

毒の実をつける木にわざわざ名前を付けるとは、変わっているな」

「確かにあれは毒を持っているし、不味くて食えたものではないのだが、毒を抜きさえすれば便利な使い途《みち》があるんだよ。

ローワンの実には冬になっても腐らないという特性があってな、毒を抜いた上で搾り汁にしてやって、腸詰め肉に混ぜたり干し肉に塗ってやったりすると、肉が腐りにくくなるんだ。

肉だけでなく魚にも効果があるし、パンの生地に混ぜても効果があったはずだ」

私がそう言うとアルナーはその表情をがらりと変えて、好奇心をいっぱいに漲《みなぎ》らせた顔をぐいとこちらに近づけてくる。

「何だと……!?　あの毒の実にそんな薬効があったのか……!!

それで！　一体どうやって毒を抜くんだ!?」

「ふ、冬の寒気にさらして冷やせばそれで毒が抜けてくれる。

鳥達が冬になるまでローワンの実を食べないでいるのは、そのことを知っているからなんだそうだ」

勢いに気圧された私とアルナーがそんな会話をする中、セナイ達はローワンの木の根本へと駆けていって、籠の中からロープを取り出し、近場にあった適当な大きさの石を縛り付けて、その石を放り投げることで枝にロープを絡ませ、ロープをぐいと引いて、枝を手元へと引き寄せる。

そうやってローワンの枝をはっしと摑んだセナイとアイハンは、たっぷりと実ったローワンの実を次々ともぎ取って籠の中へと放り込んでいく。

「……この調子ならセナイ達の籠はあっという間に一杯になりそうだな。

そうしたら村へ一旦戻ってまた森に足を運んで……と、そんな感じで進めていけば良いのか？

私達も冬備えをするにはするが、そこまで根を詰める訳ではないから加減の方が今ひとつ分からないんだ」

視界の端に森芋の葉を見つけて、その根本を戦斧でどうにか掘り返せないものかと考え込みながらそう言うと、アルナーが小さく弾ませた声を返してくる。

「いや、今日はあくまでルールの勉強を兼ねた様子見のつもりだったからな、こんなものでは終わらないぞ。

薪のこともあるから、馬達の力を借りて荷車単位での収穫を何度も何度もする必要があるだろう。

オスの年寄り獣を探しての狩りをしなければならないし……まだまだやるべきことはいっぱいだ」

「……メスを狩らないようにするというのは先程も聞いたが、その年寄りというのもルールなのか？」

「繁殖期のメスに手を出さないというのは守らなければならないルールだが、年寄りの方は私個人の好みの話だな。

　干し肉にするとなると若かろうが老いていようがどれも似たような味になってしまうからな……だというのに若くて美味しい肉を使うというのは勿体ないだろう？」

「なるほどなぁ。そういうことなら木の実やキノコだけでなく、獣の痕跡にも気を付けないとだなぁ。

　場合によってはマタビの粉を使うことも……ああ、いや、あれだとオスメス関係なく集まってしまうか。

　まぁ……木の実の多い豊かな森のようだし、朝早くから森に来るようにして、冬までの時間をいっぱいに使えば以前狩った黒ギーくらいの数は狩れるだろう」

　と、私がそう言うと、にっこりと微笑んだアルナーが一際弾んだ声を返してくる。

「男気があるようで何よりだ！

　適当にやっていてもどうにかなる春夏と違って、草原の冬は本当に厳しくて過酷で……家長に男気がなければ人と家畜が次々に失われてしまう、男気が欠かせない季節なんだ。

　冬だというのに家畜が足りない、人手が足りない、男気も足りないとなると本当に辛くて切なくて惨めでな……明らかに足りない備蓄を見ているとそれだけで心が荒んで、ひどい時にはそのせいで眠れなくなったこともあったものだ」

そう言ってアルナーは言葉を切って目を瞑り……何やら想いを巡らせてから言葉を続ける。

「今年の冬備えはそういう心配をする必要がなさそうで嬉しいというか……いやはや、こんなに楽しい冬備えは何年振りだろうな！

……良い良人に恵まれて私は本当に幸せものだな！」

アルナーのそんな言葉に私は……まだまだ冬備えは始まったばかりで十分な備蓄が出来るかどうかも分からないのになぁと、そんなことを思いながら、この大きすぎる期待を裏切らないようにしようと気合を入れ直すのだった。

そうして気合を入れ直した私は、目を鷹《たか》のように鋭くしながら森の中を歩いていった。

すると間もなく太い木に絡まる森芋の蔦《つた》が視界に入り……すぐさまに私は戦斧を構えて、その蔦の根本へと突き立てる。

そうやって戦斧を上手く使って土を掘り返し、更にそこらに落ちていた木の枝なんかも使って、森の土を掘り返していく。

木の根や草の根や、いくつもの石がごろごろと邪魔をしてくる中、どうにかこうにか10個程の芋を掘り返して……この芋もルールに従っていくつか残した方が良いのだろうか？　と、考え込んでいると、ローワンの実の収穫を終えたらしいセナイとアイハンが、私の手の中にある芋を見るなりその目をギラリと輝かせ、こちらにタタタッと駆けてくる。

そうして芋を手にとったセナイ達は、土を綺麗に払ってから眼前に持っていってじぃっと眺めたり、匂いを嗅いだりして芋を選別していき……半分程を籠の中へと放り込んでいく。

「……それは味の良し悪しを見極めているのか？」

と、私がそんな問いを投げかけると、セナイ達は残った芋を植える為なのか、芋を掘り出したのとはまた別の場所を木の棒で掘り返しながら言葉を返してくる。

「味じゃなくて力！」

「ふえるちからが、あるか、ないか」

「増えないのは食べる！　増えるのは植える！」

「らいねんも、たべるため」

「なるほどなぁ……。

その力のある芋を今掘り返している所に植えるのか？　元々植わっていた所では駄目なのか？」

「元の所にも植えるけど、違う所にも植える！」

「いろいろなところに、ひろげてうえる！」

「この方がたくさん増える！　強く育つ！　木と一緒！」

「おなじところに、たくさんだとやせる、すくないとこえる！」

そう言って芋を植える為に土を一生懸命に掘っていくセナイとアイハン。

その様子を見た私とアルナーはお互いを見合って頷き合い、セナイ達がそう言っているのであればそうするのが一番なのだろうと一緒になって土を掘り返し、セナイ達の指示に従いながら芋を一つ一つ丁寧に植えていく。

その作業を終えて一旦休憩しようかとなり、木の葉をかき集めてその上に、私、セナイ、アイハン、アルナーという並びで腰を下ろし、アルナーが用意してくれていた革袋入りの薬草茶で喉を潤す。

そうやって一息ついてから……籠の中から取り出したくるみを愛おしげに眺めているセナイとアイハンに声をかける。

「そう言えば先程、木がどうのと言っていたが、木も数が少ないほうがよく育つのか？」

私のそんな問いに対してセナイとアイハンは、二人同時に小首を傾げて少しの間悩んでから声を返してくる。

「少なすぎてもダメ、多すぎてもダメ」

「ほどほどがいい、えだのすきまから、おひさまがちょっとみえるくらい」

「ふーむ。……そうすると今いるこの辺りは、木が多すぎるのかな」

と、太陽どころか空すら見ることの出来ない、枝と葉だけの森の天井を見ながらそう言うと、同じく天井を見上げたセナイ達が、

「うん、これじゃぁ良い木も良い薬草も育たない、痩せた森になっちゃう」

「きのこはたくさんだけど、あんまりよくない」

と、そんな言葉を返してくる。

「そういうことなら今度来た時は木材の調達ついでに、適当にそこら辺の木を伐ってやるとするかなぁ。

木材と薪が手に入る上に、森が元気になると言うなら良いこと尽くめだ」

近くの木に立てかけた戦斧を見ながら私がそう言うと、セナイとアイハンが同時に私の膝をぺぺンと叩き、語気を荒らげる。

「適当に伐るんじゃダメ！」

「よわってるのと、じゃまなのをえらんできるの！」

「……伐って良い木と、悪い木があるのか？」

『ある!!』

珍しく同時にそう言ったセナイとアイハンの言葉を受けて私が気圧されてしまっていると、静かに話を聞いていたアルナーから、笑い声が上がる。

「あっはっはっは！　森の中では私だけじゃなくディアスも形なしだな！

……森の中ではセナイとアイハンが先生だ、二人に教わりながら伐れば良いだろう」

アルナーのその言葉を受けてまたも『先生!!』と同時に声を上げたセナイとアイハンは、目を輝かせてにんまりとした笑顔となって……そうして先生と呼ばれたことが余程嬉しかったのか、体を左右に揺らしながら風変わりな歌を歌い始める。

『寂しがり屋さんでやっかみ屋さんの葉の王様～。

いつも森の中を見守っている～。

森は一度失ったら砂を呼ぶから～、大事に賢く扱って～、葉の王様を怒らせないようにしましょう～』

両親から教わった歌なのだろうか。

細く高い声を綺麗に合わせてなんとも楽しそうに歌い続けるセナイとアイハン。

心ゆくまで歌を歌い、歌が一段落したらまたくるみを眺めて、眺めながら鼻歌を歌って……と、なんとも自由に休憩時間を楽しんでいく。

そうしてそんな二人の姿をぼんやりと眺めていたアルナーが、ポツリと言葉を漏らす。

「……今頃は村でもマヤ達の織物歌が響き渡っているんだろうな」

「ん？　……ああ、エゼルバルド達が来て以来、毎日精を出してくれているようだな」

と、私が言葉を返すと、アルナーは万感の思いを込めたというような、強く響く声を吐き出す。

「秋の終わりになるとペイジンが大きな隊商を連れてやってくる。

なんでも向こうの国ではメーア布が高級品として取引されているとかでな、メーアがよく草を食べてよく肥える夏が終わって、質の良い毛をたっぷりと生やしてくれる秋の……冬を前にして私達が様々な物資を欲している、秋の終わり頃を狙って来るんだ。

春、夏の来訪はその為の、どれだけの物資を必要としているかの様子見と……私達とメーアがちゃんと生き残っているかの確認も兼ねているんだろうな」

「……なるほど、そうだったのか」

「メーアのおかげで行商人が来てくれて、メーアのおかげで私達の今がある。

そして所有しているメーアが多ければ多い程、隊商から物資を買うことが出来るが、自らの男気を超える数になってしまうと世話をしきれず、冬をちゃんと越させてやることが出来ずに死なせてしまうことになり……それが過ぎてしまえば大罪として罰せられてしまう。

所有するメーアの数というのはそんな風にその家の豊かさと、家長の男気に直結しているんだ。

今年はフランシスとフランソワとその子だけで秋を迎えるものと思っていたのだがな、それがまさかあれ程までに増えてくれるとはなぁ……」

アルナーのそんな話を聞いて、フランシス率いるイルク村のメーア達は、私が所有する家畜というか、イルク村の皆で世話をするイルク村皆の――――いや、イルク村の一員という感じなのだがなぁと、そんなことを考えていると、またも私の表情を読んだらしいアルナーが言葉を続けてくる。

「メーアは家畜ではなく村の仲間だと、そんなことを考えていそうだな？

なるほど……そういう考え方もありなのかもしれないな。

私達はこれからメーアバダルと名乗る訳だし、伯父さんがメーアの神殿を作るとか言っていたことからも家畜扱いは相応しくないだろうな。

村の一員で、家族の一員で、神様の使いのメーア様か……ふふっ、フランシス達が聞いたらどんな顔をするだろうな」

アルナーにそう言われて……フランシス達がするであろう顔を思い浮かべた私がまず笑い、同じ想像をしたらしいセナイとアイハンが続いて笑い、そうして最後にアルナーが笑い……そうやって皆で、一頻りに笑い合った私達は「さて、もうひとと頑張りするか」と、声を掛け合いながら立ち上がるのだった。

？？？？――――――？？

『……今響き聞こえて来た歌は……いやはや、なんとも懐かしいのう。あの歌は昔も昔、大昔の歌じゃぁないか。今も歌えるもんがいるとは驚きじゃぁ』

その空間の壁と天井と床に反響する形で、何者かのそんな声が響き渡っていた。

涼やかな風が吹く真っ暗な空間にいるその何者かは、その動きを見るにどうやら人の形をした存在であるらしい。

『一体全体、何処の誰が歌っているのじゃろうなぁ。お仲間じゃぁないようだが……このほんのり感じる魔力は……はて？　何者の魔力だったかのう？』

　本当に覚えていないのだろう、真剣な表情でそう言った何者かは、首を右に傾げて左に傾げて、そうしてからのっしのっしとその足を前に進め始める。

『まぁまぁ、今は忙しい、それについてはまた今度考えるとするかのう。

また今度……忙しさが片付きそうな冬になってからか、春の頃かには、またあの歌を聞けるかもしれんし、何者の魔力だったかを思い出すこともあるだろう』

　そんな言葉を残してその何者かは、更にのっしのっしと足を前に進めていって、その場から立ち去ってしまうのだった。

イルク村に戻って――

籠をいっぱいにしてイルク村へと戻り、セナイ達に手伝って貰いながらの夕食用のキノコ料理に挑戦すると意気込むアルナーに籠を預けた私は、一人でユルトへと戻り、いつもの場所にどっしりと座って、両隣に寝そべるフランシスとフランソワを撫でてやりながら、以前ペイジンから手に入れた地図を床に広げてじっと睨んでいた。

中央に横に大きく広がる草原があり、東に森、北に岩山、南に荒野があり、西には何も描かれていないという、そんな地図を睨み……大体この辺りかと、二つの小石をイルク村の位置と鬼人族の村の位置に置いて、東の森と草原の中央を繋ぐ形で真っ直ぐな木の棒を置く。

「メァ～?」

その様子を見ていたフランシスからそんな声が上がり、フランシスの頭をぐしぐしと撫でながら言葉を返す。

「森からの帰り際に見つけたんだが、森のこの辺りに、エルダン達がここに来る際に造ったらしい間に合わせの道があるんだよ。

あの馬車が通れるように木を伐採して、地面を踏み固めて、小川に簡単な橋をかけてって感じでな。

で、街道を敷く際は、そこに敷くことになるのだろうなと思ってな……地図上ではどんな感じになるのかと試しに置いてみたんだ。

今回エルダン達が敷いてくれるのは、この東から中央までの道で……エリーは更にそこから西のペイジン達の国まで道を繋げることが出来たら、と考えているらしい」

そう言ってもう一本の木の棒を中央から西を繋ぐ形で置いて、二本の木の棒で地図の両端を繋ぐ。

「メァメァ〜〜?」

首を傾げながらそう言ってくるフランソワの頭をそっと撫でてやりながら言葉を続ける。

「エリーが言うには、こうやって東西を繋ぐことで人と物の流れを作り出し、イルク村がその中心になることで大金が稼げるそうなんだ。

更にこう、北と南に道を延ばして、北の山と南の荒野から取ってきた物と、メーア布を商品として売るとか、なんとか。

そうするとまぁ、こんな形で十字の道が出来上がる訳だな。で、その中心がイルク村で……こう、十字の中心に少しずつ大きな円を描いていく感じで、村を徐々に大きくしていきたいんだそうだ」

そう言って十字の形に木の棒をおいて……その中心に丸い食器を逆さにして、二つの小石を覆う形でカパリと置く。

「今日、アルナーから話を聞いて改めて思ったのだが……ここでの暮らしにメーアと、メーアの食事となる草原はなくてはならないものだ。

私達の暮らしにも、鬼人族達の暮らしにも必要で……メーアと草原を大きく損なうような真似はしたくない。

だが、村を大きくしたい、皆の生活を豊かにしたいという気持ちもある訳で……どうしたものかと思って、頭を悩ませていたという訳だ。

鬼人族達だって村を大きくしたいのだろうし、イルク村だけが大きくなってもなぁ……」

そう言って私が唸り声を上げていると、フランシスとフランソワがその角で脇腹をゴスゴスと突いてくる。

「メァ～メァ、メァ、メァメァ～～」

「メァメァ～メァ、メァァ～」

二人が何を言っているのか、まだはっきりとは分からないが『何よりもまずお前はどうしたいんだ』『他人のことは気にしないで良いから』と、そんなことを言われた気がして……しっかりと頷いた私は、自らの考えを口にしていく。

「この十字街道自体は悪くないと思うから、まず――――に分けて――――。

大体これで半分――――で、こんな感じにして――――。

――――をお互いに残して――――足りない時は金でということにすれば――――」

自分なりに懸命に考えた、これが一番だろうと思う考えを長々と、それなりの時間をかけて説明していって……そうしてその説明を聞き終えたフランシス達は、なんとも軽い感じで、

「メァ、メァ～～メァ、メァメァー」

「メァメァ～メァ～～、メァメァーメァ～」

との声を返してくる。

『ま、それで良いんじゃないか？　成るように成る』

『そこまで考えてあるならわざわざ悩む必要なんてないじゃない、好きになさいな』

と、そんなことを言っているらしい二人に私は、お前達にとっても大事なことなんだけどなぁと
そんな視線を送ってから、本当にこれで良いのかと再度地図を睨みつける。

そうして再度考え込んで……考え込んだまま時間が過ぎていって……ふと物音がして顔を上げる
と、軽快に飛び跳ねるエイマが、

「もう少しで夕食が出来上がりますよ～」

と、そんな声と共にやってくる。

そうして木の枝と食器の置かれた地図を見つけたエイマに物凄い顔をされながら、

「……これは一体何の遊びなんですか？」

と、そう問われた私は「遊んでいた訳ではないぞ」とそう言ってから、先程フランシス達にした説明をもう一度繰り返す。

するとエイマはこくりこくりと頷いて、感心したというような声を返してくる。

「ははぁ～……なるほどー。

ボクもその案には賛成です……けど、それだけ大きな話となると、代表者の皆さんの意見を聞くのは勿論のこと、鬼人族の方の意見も聞きたいところですね。

……大きい話なだけに、変にこじれちゃったら大変ですし」

「勿論そのつもりだが……その意見を聞く相手はアルナーでは駄目なのか？」

鬼人族であり代表者の一人でもあるアルナーの名前を出した私に対し、エイマは首を左右にぶんぶんと振って否定の意思を示してくる。

「アルナーさんのここでの暮らしも、もう随分と長くなる訳ですし、アルナーさんに聞いてもイルク村の一員としての意見しか出てきませんよ。

最後に話を持っていくことになる族長さんも当然駄目ですし……誰か他に、意見を聞いても問題ないような方はいらっしゃらないんですか？」

エイマにそう言われて私は「あー……」との声を漏らしながら、ある鬼人族の顔を思い浮かべるのだった。


「――で、俺って訳か。

まぁ、おかげでアルナーが作ってくれた美味い飯にありつけたんだから、文句もないがな。

まさかあのキノコが塩を振って焼いただけであそこまで美味くなるとはなぁ……スープに入っていた茎の輪切りも良い食感だったし……毒との見分け方、俺も習うかなぁ」

夕食を終えて、集会所の中で胡座《あぐら》に座り、なんとも寛《くつろ》いだ態度でそんな言葉を漏らすゾルグ。

『時間がある時に話をしたい』とのゾルグへの伝言を、犬人族の中でも足の速いセンジー氏族長のセドリオに頼んで……ゾルグの都合を聞いてこちらから向かうつもりだったのだが、まさか向こうから、それもすぐに来てくれるとは、全くの予想外だった。

セドリオによると私の言葉を伝えた際も、嫌な顔一つしなかったそうで……最悪の場合は、話すことなどないと断られてしまうかもと考えていたんだがなぁ……。

「で、族長には聞かせられない話ってのは一体どんな話なんだ？」

私と、話を聞いて同席するとの声を上げたアルナーと、同じく同席するとの声を上げたエイマとエリーを見回してそう言うゾルグに、私はゆっくりと口を開き、緊張しながら話を切り出す。

まず話の前提として、私が公爵になったこと、私の家名とこの草原がメーアバダルという名前になったこと、森の半分を領地として獲得したので奥までいかなければ自由に入って良いこと、木の伐採もセナイ達が良いといったものなら自由にして良いということをゾルグに伝えておく。

そうしてから、ゾルグが来るまでの時間を使って皆で話し合い、皆の意見を聞きながら補強したというか、まとめ上げたこの草原のこれからについての話を、地図を使いながら説明していく。

「ここがイルク村で、ここが鬼人族の村で、こんな感じに十字に街道を通したいと私達は考えている。

そうやって人と物の流れを作って、交易の中心地、物資の集積地として金を稼いでいきたいという訳だ。

まずは西からここまでの街道を敷き、金が出来たら更に東までの街道、更に金が出来たら北と南への街道を敷いていくという感じだな。

だが、これだけの大きな街道を、私達がそうしたいからと勝手に敷いたとあっては、鬼人族達としても黙っていられないだろうし、揉め事の原因となってしまうことだろう。

ならばと事前に許可を取ろうとしても……そう簡単にいく話ではないだろうと思う」

街道が出来て人の行き来が増えれば、それだけ揉め事も起きるようになる訳で、私達が稼ぎたいが為にそれを受け入れて欲しいというのは、鬼人族からしてみれば全くの論外だろう。

もしかしたらこの時点で、ゾルグから厳しい言葉が飛んでくるかもしれないと考えていた私は、ゾルグが真剣な表情で静かに聞き入ってくれていることに少し驚きながら、話を続ける。

「私達はこれから何年も何十年も、このメーアバダル草原で暮らしていきたいと思っているし、鬼人族とも仲良くやっていきたいとも思っていて、揉め事を起こそうなんて気はさらさらない。

で……改めて考えてみたのだが、私達の間には街道の件がなくとも色々と揉め事のきっかけになりそうな『しこり』が残ってしまっているように思うんだ。

かつての戦争の件や、この草原が誰の土地なのか、誰に所有権があるのかという件とかな。……そういう訳で、まぁ、その、なんだ。私なりに色々と考えてみたんだ、街道の件を含めてどうしたら良いのか、どういう解決方法があるのかと、な」

そこで一旦言葉を切った私がゾルグの反応を伺っていると、ゾルグは

「……まずは話したいことを全部話せ、話の途中であれこれ言っても仕方ねぇだろ」

と、真剣な表情のまま地図を睨んだまま言葉を吐き出し、そうして再び黙り込む。

「そうか……分かった。

まぁ、私が考えつくようなことだから、そう難しい話ではないんだ。

街道の件とそういったしこりの件を解決してくれる、一番分かりやすく一番簡単な話……この草原を私達と鬼人族達とで、半分に分けるのはどうだろうか？

半分に分けて、それぞれがその半分を管理し、そこに住む。

とはいえ南北とか、東西に分けてしまうと街道を敷けなくなってしまうので、私達の領分は街道と、街道の中心地、このイルク村を広げた円の形になり、それ以外が鬼人族達の領分という感じになるな」

と、そう言って私は事前に用意しておいた街道と円の形をした紙を取り出し、それらを地図の上に乗せてから言葉を続ける。

「イメージとしてはこんな感じだ。

こうすると鬼人族達の領分が四つに分かれてしまっているように見えるが、街道は自由に使ってもらって構わないから、行き来に不都合はないはずだ。

で、この円と街道の紙をこう切って、こんな風に地図の片側に偏らせれば……これで大体草原の半分だということが分かってもらえると思う。

……まぁ、これはあくまで仮の話で、実際に何処までをどう分けるかという細かい話は、ゲラントという空を飛べる友人に手伝って貰いながら調整するつもりだ。

例の森の半分を得たという話の中で、森を地図通りに半分にするなんて可能なのかという話をしたのだが、空を飛びながら地図を頼りに指示を出し、指示を受けた地上の人間が指示通りに杭やらを打っていけば、概ね地図通りになってくれるらしい。

ゲラントに頼んで正確な地図を作成し、地図上でこんな感じに紙を使って綺麗に半分に分けて、その通りに杭を打っていって、そうやって可能な限り正確に半分に分けるという感じだ」

そこでようやくゾルグの表情が崩れていく。

驚愕《きようがく》一色『お前は一体何を言っているのだ』と、そんなことをその表情で語って来て……同席しているアルナーと、エイマとエリーを見て、お前らも同意見なのかとその視線で問いかける。

アルナー達がそれぞれ即答と言えるタイミングで頷くと、ゾルグは一段と驚愕の色を濃くしていって、愕然という言葉では足りないような表情となってからこちらに視線を向けて来る。

……そして私はそんなゾルグにしっかりと視線を返しながら話を進める。

「元々ゾルグ達はここに住んでいた訳で、半分も持っていかれるのかという思いがあるかもしれない。

……そう思って私も私なりに色々と、どうにか良い解決法がないかと考えてみたのだが、私の頭では全く思いつけなかった。

だからもう一番簡単で、公平で、分かりやすい『半分こ』が良いのではないかという考えに至ったと、そういう訳だ。

幸い私は公爵という立場で、領地の裁量権というものが与えられている。

私が公爵として半分こだと言えば、それは王様がそう言ったのと同じ扱いになるとかで、今後ずっと……王国が滅ばない限りは、この草原の半分は鬼人族のもので、隠れたりせず堂々と自由にして良い土地なのだと保証されるそうだ。

他にもまぁ、細かい話……街道で盗賊だとかを捕まえてくれたらこちらから報奨金を出すとか、野生のメーア達の為にある程度は草原を残すようにしようだとか、天災などの事情でどちらかが飼葉不足に陥ったら金で飼葉を売り買いというか、草原の草を融通し合おうという話もあるのだが……本筋としては『草原を半分こにしよう』と、それだけの話になるかな」

そう言って話を終わらせ、ゾルグの反応を待っていると、ゾルグは驚愕一色だった表情を、苦いような硬いような、そんななんとも言えない表情に変えてから、ゆっくりと言葉を吐き出してくる。

「……まぁ、色々と言いたいことはあるが……俺が族長ならその話、悩むまでもなく受けるだろうな。

50年経っても俺達の数は減ったままで、一方で王国は他所と戦争をしてたってのに数を増やし、発展し続けている。

戦争をしたらまず勝ち目のない現状で、半分も貰えるなら十分……いや、貰い過ぎなくらいだ。

街道だってペイジン達との行き来が盛んになると考えれば俺達にも十分な利益があるし……それとまぁ、考え方次第ではその話……俺達の、草原全てを獲得しての大勝利だと考えることも出来るからなぁ。

だってそうだろ？　お前の嫁はアルナーで、お前の子供はアルナーの子供だ。

アルナーの子供がその土地を継ぐなら、それはつまり鬼人族の血を引く鬼人族の縁者が継ぐってことになる訳で……つまりは残りの半分も鬼人族の土地ってことに――――」

と、そんな言葉を口にする中で、ゾルグは何か気付いたことがあったらしく、ハッとした表情となって……両手を頭の後ろで組んで、背中をぐぅっと伸ばしながらため息交じりの声を漏らす。

「――――あ～……つまり族長は、最初の段階でそこまで考えてたって訳だ。

お前……いや、ディアスとアルナーが結婚した時点で、こうなることが決まってたんだなぁ。

そういうことなら頭の固い連中も賛成するはずだし、そうしておいて後は緩やかに時間をかけてってことか……なるほどな。

大事なメーアを分けてやって、ユルトや食料や道具を分けてやって、俺達と同じ生活をさせてやって……俺なんかを族長候補にしたのも納得だ。

俺が族長になれば、長同士《おさどうし》が縁者ってことになる訳だし、そうなったらもう同族みたいなもんじゃねぇか。

なーにが近くにドラゴン殺しがいればだ、なーにが利用して取り込むだ……全部族長の手のひらの上じゃぁねーか」

そんなことをブツブツと言って、両手をぐっと上げて背伸びをし……自分の両膝をバンッと叩いてからこちらへと視線を戻し、口を開くゾルグ。

「ディアス、その公爵とかいう地位のことと、さっき言っていた裁量権とかいうやつのこと。

それと王国の法についてを詳しく教えてくれ。

その上で、他の細かい条件だとか約定について話し合うぞ。

……こうなったらせめてあのババアの度肝を抜いてやらなきゃ気が済まん！

この俺がそこら辺の話を上手くまとめて来たとなれば、あのババアもさぞや驚いてくれるだろうよ！」

その目を力強くギラギラと輝かせながらそう言ってくるゾルグに、私は何がなんだか分からないながらも「分かった」とそう言って、頷くのだった。

カスデクス領、西部の街メラーンガル――ナリウス

領主屋敷のすぐ側《そば》にある街一番の酒場は、今日も今日とて大勢の人で賑わっていた。

景気よく金貨銀貨が飛び交い、明るい話題が何処までも尽きず、酒場の主人も客も誰もが笑顔で、その笑顔は酒場の外にまで溢れ出して……そうして領主屋敷を中心とした、メラーンガルの中心部全体にまで広がっていた。

酒場も道も、民家も領主屋敷前の広場も関係なく、人で溢れ笑顔で溢れ、何処を見ても酒樽が置かれていて、酒樽の上には豪勢な料理がいくつも並び、もうとっくに日は沈んでしまっているのに無数の灯り達がまるで昼間かのように一帯を照らし、祭りの日であってもここまで賑やかにはならないだろうという程に賑やかで……。

そんな街中の片隅で、小さな酒樽の上に腰掛けた黒髪黒目の胡散臭い人間族の男……リチャードの指示を受けて再びこの地へとやって来たナリウスは、目の前の大きな酒樽の上に並べられたいくつもの肉料理に舌鼓を打ちながら、周囲を飛び交う獣人達の会話に耳を傾けていた。

「おい、聞いたか？

エルダン様が最近になって突然、剣や槍や馬術の稽古を始めたって話。あまりそういったことを好まれない方だったのになぁ」

「ああ、聞いた聞いた。異様に細かった食も、稽古のおかげか人並み以上になったとかでなぁ、料理人のやつらが忙しくてしょうがないって、嬉しそうにしてたよ」

「あ～、それでか～。今朝、エルダン様と挨拶を交わしたんだが、顔つきが以前とは違う凜々しい感じになってたんだよなぁ……背の方もぐんと伸びたんじゃないか？」

「王様の覚えめでたく公爵様になって、マーハティって新しい家名も決まって、いよいよ腹を据えたってことなんだろうな。景気もますます良くなってるし……全く、働きがいがあらぁなぁ」

そんな会話を耳にしたナリウスは、ハーブとニンニクを挟んで焼いた肉の塊を口いっぱいに頬張りながら「うぅむ」と唸り声を上げる。

（正直、この街の雰囲気は嫌いじゃないんスよねぇ。

飯は馬鹿みたいに美味いし、良い感じに賑やかだし、色々な獣人が交ざり合って暮らしているせいか色々なことが適当で、すっげぇ気楽で。

治安が良くて景気がよくて、その上ギルドにも好意的で……マイザーと帝国の連中に荒らさせるには勿体なさすぎるんスよねぇ。

とはいえなぁ、リチャード様の依頼を果たさないってのもなぁ……リチャード様にはこれまで散々世話になった訳で、それなりに感謝も尊敬もしている訳で……どーしたもんッスかねぇ～）

帝国と組んで何やら良からぬことを企んでいるマイザーを、西に釘付けにしたままにしておけ、とのリチャードの命令を実行した場合、この街にも大なり小なりの悪影響があることだろう。

その悪影響が長く続いてしまえば、この肌に妙に馴染む、心地よい雰囲気と空気感が失われてしまうかもしれない……と、そんな考えに至ったナリウスは、肉の塊を飲み下しながら
（本当に……どーしたもんッスかねぇ～）

と、胸中で再度呟く。

そうしてナリウスが、手元の皿の上にある肉を鷲掴《わしづか》みにしようとしたその時……目の前に大きな体を持った犀人《さいびと》族の女性が率いる、様々な姿をした獣人の子供達が姿を見せる。

犀人族の女性に背負われながら、手を引かれながら、楽しげに道を行く子供達は、ナリウスの顔を見るなり満面の笑みを浮かべて、元気にその手を振り回してくる。

（……親子？　いや、種族が違うから養子？　それとも近所の子供を預かってるんスかねぇ？

何にしてもこんな時間に子供連れの女が出歩けるなんて……いやぁ、参った参った、降参ッス）

と、そんなことを胸中で呟きながらナリウスは、子供達にへらへらとした笑顔を返し、ひらひらと手を振り返す。

（いやぁ、しょうがない、これはしょうがないッスよね～。才気溢れる領主様が、自力でマイザー達の存在と企みに気付いて、俺がどうこうするより早く動いたとなれば、俺みたいな小物にはどうしようもないッスからね～）

そんな言い訳を何度も何度も、しつこいくらいに繰り返しながらナリウスは、口を滑らせる為の酒瓶をガシッと鷲掴みにし、酒場の入り口にたむろしながら談笑する男達に声をかけるのだった。

鬼人族の村　族長のユルト――――ゾルグ

ディアス達との話し合いを終えて、そのままイルク村で一泊し……翌日の早朝。

鬼人族の村へと戻ってきたゾルグは、そのまま真っ直ぐにモールのユルトへと足を運び、迷惑そうな顔をするモールに構うことなく堂々とした態度で腰を下ろし、昨晩何があったのかの話を、なんとも自慢気に、武勇伝でも語っているかのような態度で語り聞かせていた。

「――――と、いう訳でこの草原半分の所有権を認めるって約定と、森と街道の使用に関する約定と、飼葉の売買でお互いふっかけすぎないって約定、盗賊の扱いに関する約定、将来的に市場が出来たらそこで売買して良いって約定をまとめて来てやったぞ」

王国法が定めるところの正式な書式で作成し、公爵の印章を押印し、ディアスとゾルグがそれぞれの署名をした書類の束を掲げながらそう言ったゾルグは、モールの目をしっかりと見つめながら言葉を続ける。

「まぁ、今回の約定はあくまでこの書類までの話で、正式な手続きとかはなしだがな。

それをやっちまったら俺達の存在が奴らにばれちまうからなぁ……まぁ、それでも書式も印も本物だ。

追々……俺達の準備が整ったら、正式な手続きをして貰うって話にもなってるから、問題はねぇだろ。

そうなった際に俺達の国を興すのか、ディアスの下に入ってやるのかは……まぁ、状況次第ってことになるだろうな」

そう言って、ゾルグがモールの反応を待っていると、モールは小さく息を吐いて瞑目し……片目だけをくわりと開いて、重く静かな声を上げる。

「……ディアスとアルナー以外の連中の反応はどうだったんだい？　向こうの他の連中は賛成していたのかい？」

「あん？　……まぁ、賛成していたな。

話し合いに同席したエリーって奴は、ディアスがそうと決めたならそれが正解で、自分は支えるだけだとか、そんな感じで……エイマってちっちゃいのは、あまりにも単純かつ分かりやす過ぎる理屈で、口を挟めないとかなんとか……まぁ、そんなことを言いながらも嫌そうな顔はしてなかったな」

「……そうかい」

ゾルグの言葉に、そんな一言だけを返したモールは、ゆっくりと立ち上がり、ユルトの奥へと向かって、そこにある棚から金属の輪を取り出し、ゾルグの方へと放り投げる。

「よくやった、とりあえず一つ格上げだよ。

これで族長候補としては二番目となって……それと、アンタには今日から遠征班のうちの何人かを率いての警備班の長になってもらうよ」

「……警備班？」

聞き慣れないその言葉に、ゾルグがそう言って首を傾げると、モールは自分の席にゆっくりと腰を下ろしながら、ため息まじりの声を吐き出す。

「街道が出来て人が増えれば、それだけ揉め事が増える訳だろう？

ドラゴン達の妙な動きも気にかかるし、最近はなんだか嫌な気配も漂ってきているし……備えはしておかないとね。

森をある程度自由に歩けるとなったら遠征班の仕事も減る訳だしねぇ……アンタの方でしっかりと警備班の連中を鍛えて、従えてみせて、長としての風格を皆に見せつけな。

それとだ。今回の話もこれからの関係も、ディアスとアルナーがいてこそのこと……あの子達に何か面倒が起きるようなら、警備班の方で力を貸しておあげ。……あの子達はこっちに土地を半分もくれて、アンタに手柄を立てさせてくれるような甘ちゃんだ、そこに付け込もうなんて連中がいたら、こっちで手を打っておくのも良いかもしれないねぇ」

そう言ってギョロリとした目でゾルグを睨みつけるモールに、ゾルグは生唾を飲み込みながらこくりと頷いて「分かった」と小さな声を漏らし、震える手で金属の輪をしっかりと掴む。

そうして懐の中にしまい込んでいた角細工にその輪を取り付けたゾルグは、震える手を自らの膝にバシンと叩きつけて気合を入れ直し、しっかりとした足取りで立ち上がるのだった。

冬備えが進むイルク村で――――ディアス

冬備えが始まってから十日が経ち、イルク村はすっかりと冬備えの景色に包み込まれていた。

干し草と干し肉が整然と吊るされた大量の干し竿に、キノコとくるみとベリーが並ぶいくつもの干し棚に、売り物にする為にと綺麗に洗濯され干された大量のメーア布に……氏族長のシェフ率いるシェップ氏族の若者達が数人がかりでバフバフと踏みつける革袋に。

あの黒ギーの革で作った革袋には大量の草が詰め込まれているのだそうで……革袋を薬湯で煮てから獣脂から作った軟膏をたっぷりと塗りつけた後に、いっぱいになるまで草を詰め込んで、ああやって踏みつけて空気を抜いてから革袋の口をきつく縛り、後はそこらに投げておけば、詰め込んだ草が良い香りのする美味しい草になってくれるんだそうだ。

一体どういう仕組みでそうなるのやら……アルナーが言うには『草のチーズ』のようなものだと思っておけば良いとのことだ。

良い仕上がりになると杏の香りがしてくるらしい草のチーズは、メーアや馬達にとって厳しい冬を乗り越える為の滋養がたっぷりと摂れるご馳走なのだそうで、その美味しさもあってとても重要なものであるらしい。

そういった理由からなのか草のチーズ作りに勤しむシェフ達の側には、その作業を厳しい視線で見張るエゼルバルド達の姿がある。

そんなことをしなくとも真面目なシェフ達であればしっかりとやってくれると思うのだが……エゼルバルド達としても気が抜けないというか、見張っておかないと気が済まないようだ。

「メアァー！　メアァー！」

「分かってます！　産まれてくる赤ちゃん達の為にもしっかりがっちり頑張ります!!」

太く響く声でそう言ってくるエゼルバルドに対し、元気いっぱいの力のこもった返事をするシェフ。

……そうか、もう間もなく産まれるだろうフランソワ達の赤ちゃんのこともあって、エゼルバルドは見張りをしてくれていたのか。

後でシェフ達とエゼルバルド達の両方に礼を言っておかねばなと、そんなことを考えていると……村の北側からクラウスとマーフ率いるマスティ氏族達が、狩りの成果でいっぱいにした荷車を引きながら姿を見せる。

「戻りましたー！　今日も大猟ですよー！」

と、クラウスが元気に声を上げると、カニスと、セドリオ率いるセンジー氏族達と……干し肉作りが大好きというか、強い拘りを持っているらしい小柄でふくよかなアリダ婆さんと、お洒落《しゃれ》好きのチーマ婆さん達が村のあちこちから姿を見せて、荷車へと一斉に群がる。

「よぉしよし、今日も大猟じゃぁないか！　よぉくやったよくやった！」

「塩もハーブもまだまだたっぷりとあるからねぇ、感謝の祈りを済ませ次第、みぃんな美味しい干し肉に仕上げてやろうねぇ」

そんなアリダ婆さんとチーマ婆さんの言葉を合図にそれぞれの仕方での感謝の祈りが行われて……そうしてなんとも賑やかな様子での解体作業が開始となる。

その様子を見るに、今日の獲物はそのほとんどが山鹿であるようだ。

山鹿は普段、北の山の中腹辺りで暮らしているらしいのだが、この季節になると山の上からやってくる寒さに追いやられて山を下りてくるのだそうだ。

その肉の味は黒ギーに比べるとかなりあっさりとしていて味気ないというか……正直に言ってしまうとあまり美味しくはない。

だと言うのにそんな山鹿ばかりを狩ってきているのは……犬人族達の好みが理由なのだろうなぁ。

犬人族達にとって山鹿……というか、山鹿の角は、狩りの成果を示す格好良い部屋飾りであると同時に、美味しくて食べごたえのあるおやつであるらしく、肉よりもその角の方が狩りの目的となっているようだ。

……まぁ、その美味しくない肉も、むしろその味気のなさと独特の肉質が干し肉に向いているのだとアリダ婆さん達が喜んでくれているし、毛皮の方も良い防寒具になってくれるらしいので、当面は犬人族達の好きにさせてやるとしよう。

と、そんな山鹿の解体作業を、地面に突き立てた戦斧に体を預けながらぼんやりと眺めていると……いつも通りの表情の端っこに、隠しきれない疲労を浮かべたアルナーがこちらへとやってくる。

「ディアス、薪割りは終わったか……っと、クラウス達が帰ってきたのか」

「ああ、今日も大猟のようだ、薪割りの方も大体終わったよ。

……それで、だ。……セナイとアイハンの方はどうなった?」

そのほっぺたを限界まで膨らませていたセナイ達の顔を思い返しながら私がそう言うと、アルナーがため息まじりの声を返してくる。

「エイマの協力もあってどうにか納得して貰えたよ。

倉庫に山のように積まれた収穫物の下処理なんかもあるし……二人には当分の間、そっちで頑張ってもらおうかと思う」

そう言って苦い笑いを浮かべるアルナーに、私も苦笑いを返して「分かった」と頷く。

……昨日まで毎日のように行われていた森での冬備え。

その日々の中でセナイとアイハンは、その手際の良さを私達が驚いてしまう程に上達させていって……そうしてアルナーが考えていた必要量をゆうに超える量の食料を、予想もしていなかった短期間で集めきってしまっていたのだ。

これ以上は穫り過ぎになってしまうと考えたアルナーが、今朝になってもう森には行かないぞ、との宣言をしたのだが、そこでセナイとアイハンが猛反発。

皆の為にと一生懸命に頑張ったのに、どうして大好きな森に行けなくなるのかと納得がいかなかったらしく、そのほっぺたをいっぱいに膨らませて猛抗議をしてきた、という訳だ。

……ちなみにだが私は、余計なことを口にしてセナイ達を余計に怒らせる可能性があるとのアルナー達の判断で、薪割りでもしてこいとその場から追い出されてしまっていた。

「……まぁ、時間に余裕が出来たら私の方でセナイ達を森に連れていくとするよ。

セナイ達が言っていた悪い木の伐採もまだ終わっていないし、何かを穫るのではなく、遊び回るだけならば問題はないだろう」

と、私がそう言うとアルナーが何処かほっとした表情になりながら声を返してくる。

「そうだな、森で思いっきり遊べばあの二人の気も晴れてくれるだろう。

……だがなディアス、それをするには冬備えをきっちり終わらせないとだぞ。

ユルトの冬囲いもあるし、薪をしまっておく薪棚も作らなければならない。

まだまだ冬備えはこれからが本番だ」

人差し指をピンと立てて、そう言うアルナーに、もう一度「分かった」と頷いていると……バッサバッサと異様に重い羽音が上空から響いてくる。

その音に引っ張られる形で私達が顔を上げると、そこには必死な様子で空を舞い飛ぶ鳩人族のゲラントの姿があり……そんなゲラントの首には、一体何が入っているのか、大きく膨らんで重々しい様子の鞄がかけられていた。

重い羽音と疲れた様子はその鞄のせいなのだろうと察した私が、両手を振り上げながら、

「ゲラント！　こっちだ！」

と、大声を上げると、すぐに反応を示したゲラントが半ば落下するような形で、私の両手の中へと飛び込んでくるのだった。


「いやはや、まさか鷹なんぞに襲われてしまうとは……！

荷物が多い時に限って奴らと出くわすのだから、全く……我輩の運の悪さは相当のものですなぁ」

飛び込んで来たゲラントを両手でしっかりと抱きとめてやって、私達のユルトに運んで休ませてやって……そうしてそのクチバシから出てきたのは、そんな言葉だった。

「あー……無事に逃げ切れたってことで良いのか？　見た感じこれといった怪我はなさそうだが……」

「鳥の亜人の治療は経験がないが、必要であればやってやるぞ」

いつもの場所に座った私とアルナーがそう言葉を返すと、目の前のクッションの上で羽根を広げながらゆったりと構えたゲラントはその羽根を軽く振って否定の意を示してくる。

「お気遣いはありがたく、ですが怪我はありませんのでご安心ください。奴らより小さなこの体を活かし、うまーく森の中をすり抜け隠れ飛び、華麗に撒いてやりましたので！

……まぁまぁ、荷物の多さもあって少しばかり疲れてしまい、このような醜態を晒してしまいましたが、こうして休ませて頂いておりますし、問題はありませんとも！」

とのゲラントの言葉に私達が頷いていると、木の器を手にしたセナイとアイハンがユルトの中にタタタッと駆け込んでくる。

ゲラントの前に水入りと木の実入りの器を置いて声を合わせて『どうぞ！』との一言を口にし、そのすぐ側にちょこんと座り、じぃっとゲラントのことを見つめ始める。

そんな二人の視線に促されたゲラントが、水を一口飲んで木の実を1個ついばむと、セナイとアイハンは満足そうに微笑んで、そうしてからアルナーの側に移動し、そこにちょこんと座り直す。

その様子を見ながら更に水を一口、二口と飲んだゲラントは、バサリと羽根をたたみ居住まいを正してからクチバシを開く。

「クルッホホホ、お嬢様方もお気遣いありがとうございます。我輩、生き返った心地でございます。……という訳でディアス様、人心地がついたところで、本題に入ってもよろしいでしょうか？」

「ああ、頼む」

私がそう言うとゲラントは側に置かれた、限界まで膨らんだ鞄の持ち手をクチバシで挟んで引っ張り、私の方に差し出してくる。

「本題と言いましてもこれこの通り、鞄いっぱいのお手紙をお持ちしたというだけの話なのですが、それでも一応のご説明をさせていただきます。

これらのうちの大半を占めるのはエルダン様とカマロッツ様からの近況を報せるお手紙となっております。

病を乗り越えられたエルダン様は、日々を快活に過ごされており、その辺りのことが記載されているそうです」

そんな説明を聞きながら差し出された鞄を開けて、ぎゅうぎゅうに詰め込まれた小さな手紙の束を、破いてしまわないようにそっと引っ張りだしてみると……ゲラントの言葉の通り、そのほとんどにエルダンとカマロッツのサインが書かれている。

なんだってまたこんなにたくさんの手紙を送って来たのやらと驚きながら、残りの手紙を確かめてみると、折りたたまれた手紙というかなんというか……何かが中に入っているらしい3つの紙包みが姿を見せる。

「それらは獅子人族の長、水鹿人族《すいろくびとぞく》の長、犬人族の長……カニス殿の父君からの手紙となります。

それぞれの象徴たる、たてがみの毛、角の欠片、尻尾の毛が同封されておりまして……まぁ、なんと申しますか『今回の件』についての感謝の気持ちを示すお手紙となります。

……えぇ、えぇ、分かっております、今回の件が他言無用であること、礼が必要ないことも重々承知しているのですが……それでも事情を知る護衛達の態度やら言葉の端々から何があったかを察した長達が、どうしても気持ちの程を送りたいと言い出しまして……。

ああ、ご安心ください、ご安心ください、護衛達には態度を改めるよう叱責をしておりますので、外部に情報が漏れるようなことにはならないでしょう」

続くゲラントの説明によると、その種族を象徴する程の重大な意味を持つ、獅子人族のたてがみと、水鹿人族の角と、犬人族の尻尾の一部を切って贈ってくるというのは、誇りという意味でも、見栄えという意味でもとんでもないことなのだそうで……相応の想いが込められた前代未聞の行為なのだそうだ。

「……その物自体に何か特別な価値がある訳でも、それらを持っていたから何があるという訳でもありませんので、名誉の証とでも思って頂ければよろしいかと思います」

そんなことを言われてしまって、これらの品々を一体どう扱ったら良いのだろうかと困惑していると……何も言わずに手を伸ばして来たアルナーが、3つの紙包みを手に取って開封し、その中にあった二つの毛の束と角の欠片を、手のひら程の大きさのメーア布で包み、アルナーが大事にしている宝石箱の中へとしまい、手紙だけをこちらによこしてくれる。

アルナーが管理してくれるなら失くすこともないだろうと一安心し……さて、この手紙は今読んだ方が良いのだろうかとそんなことを考えていると、そんな私の考えを読み取ったらしいゲラントが声をかけてくる。

「エルダン様達の手紙も、長達の手紙もお時間のある時にでも読んで頂ければそれで良く、返信の必要もありません。

ただ印章の押された一通だけは急ぎの返信を頂きたいそうなので、そちらだけはこの場で目を通して頂ければと思います」

との言葉を受けて、紙束の中から印章の押された手紙を探し出し、中身を確認してみると……そこには以前、私に襲いかかって来たエイマの同族達、大耳跳び鼠人族達の今後についてが書かれていた。

あの件で捕獲された大耳跳び鼠人族達は、彼らが苦手としている獅子人族による厳しい指導というか、訓練を受けていたのだそうで……その結果どうにか話が通じるというか、普通に会話が可能な状態になっているそうだ。

その上で、罪を償わせる為にある仕事をさせようと考えていて、事件の被害者である私にその是非というか許可を求めたいというのが、この手紙の趣旨のようだ。

そしてその仕事の内容とは、最近になって隣領内を彷徨っているらしい不審者達への内偵及び対処なのだそうで……確かに体が小さく、身軽な彼らであればそういった仕事に向いていることだろう。

「奴らを自由の身にするということは、逆恨みでもってまたぞろディアス様に対し牙を剝くという危険性もはらんでいるのですが……それでもエルダン様は更生の機会を与えてやりたいとのお考えのようでして……。

勿論そんな事態が起こらないように最大限の注意と対策をしますので、ディアス様にはご厚情を頂ければと……」

なんとも申し訳なさそうな態度でそう言ってくるゲラントに、私は仄かな安堵を抱きながら言葉を返す。

「彼らの処罰については、一度カマロッツに任せると口にした以上は、私からどうこう言うつもりはないし、エルダン達が良いと思うようにしてくれたら良いと思う。

……それとまぁ、彼らが更生し真面目に働いていると聞けば、きっとエイマが喜んでくれることだろう。

エイマには色々と世話になっているし感謝もしているし……エイマの為にも彼らの為にも、良い結果となるようにしてやって欲しい。

……ああ、返信がいるんだったな、すぐに書くから少し待っていてくれ」

私がそう言うと、何を思っているのかゲラントが目を細め、アルナーは静かに表情を緩め、セナイ達は笑顔で笑い合いながら、

「良かったね！」

「よかったー」

と、そんな言葉を口にする。

一体誰に向けての言葉なのだろうかとセナイ達の方へと視線をやると、いつの間にそこにいたのか、それとも最初からそこにいたのを私が見落としていたのか、セナイの肩の上になんとも言えない良い笑顔をしたエイマの姿がある。

「ディアスさん、格別のお気遣いを頂きありがとうございます！」

笑顔のままそう言ってくるエイマに私は、まさかそこにいるとは思っていなかったと動揺する内心を隠しながら曖昧な表情を返すのだった。

翌日。

集会所を寝床に一晩休んだゲラントは、早朝のうちに書き上げた返事と共に隣領へと帰っていった。

ぐっすりと休んだのと荷物が軽いのもあって、ゲラントは凄まじい勢いで空の向こうへと飛び去っていって……あの様子であれば鷹だとかに襲われる心配もないだろう。

そんなゲラントが持って来たエルダン達からの手紙に書いてあった内容の大半は、エルダンの体調に関するものだった。

順調過ぎる程順調に快癒に向かっているそうで、食が進むようになり激しい運動も出来るようになり、筋肉がついて体格もがっしりとして、成長期なのもあってか身長もぐんぐんと伸びているらしい。

エルダン名義の手紙の中にはエルダンの妻達からのかなりの量となる感謝の言葉も記されていて……そこには文字から伝わってくる凄まじい熱量というか、強い想いが込められていた。

イルク村滞在中は口外無用との私の言葉もあって、礼を言うことが出来なかったが、エルダンをここまで元気にしてくれて夫婦の未来を拓いてくれたのだから、せめて手紙という形で感謝の言葉を送りたいと、そういうことらしい。

少しばかり大げさ過ぎるような気もするが……まぁ、良い方向に向かっているのならば、何よりだ。

他にもエルダンの手紙には街道工事の予定についてが書いてあり……向こうでは早速工事の準備が進められているそうだ。

準備が整い次第、工事が開始となり、冬までに仮設の道を通し、それを使って人や資材の行き来をさせて……来年の雪解けを待ってから本格的な街道作りが始まるそうだ。

仮設の道にはそういった使い方以外にも、冬の間の連絡用という役目もあるのだそうで……冬の間は寒さを苦手としているゲラントではなく、早馬での手紙の行き来が主となるんだそうだ。

そうしておけばいざ何かがあっても安心出来るとかで……まぁ、ここら辺のことはエルダン達に任せておくとしよう。

木を切り倒すだとか、地面を踏み均《なら》すとかならともかく……エリーやエルダンが言うような本格的な街道造りとなると、私の出る幕はないだろう。

街道よりも何よりも、とにかく今は冬備えだ。

アルナーによるとイルク村の冬備えはまだまだ道半ば、これからが本番なんだそうだ。

……寒さが来てから慌てても手遅れだ、夏の暖かさが残っている今のうちに頑張っておかないとな。


「で……アルナー、次は何をしたら良いんだ？」

朝食後、洗い物や食器の片付けだとかの手伝いを終えて、竈場《かまば》の洗い場でガシガシと山鹿の毛皮を洗っていたアルナーに声をかけると、その毛皮を持ち上げて見せながら声を返してくる。

「食料がある程度済んだなら次は寒気対策だな。

冬着作りにユルトの冬囲い……それとマヤ達や赤ん坊達の冬寝間着もしっかり作らないとだな」

「ふ、む……？

その冬寝間着というのはマヤ婆さん達と赤ん坊達の分だけで良いのか？」

「それは当然だろう、若い私達が冬寝間着なんてそんなもの……っと、そうか、東の方はそこまで寒くはならないんだったな、ならば知らないのも当然か。

この辺りの冬は、何もかもが凍りつくような厳しい寒さが続くのだが、そういう寒さに置かれた生物の体は、体内の血を燃やすことで寒さに負けない為の熱を持つんだ。

特に眠っている間はその熱が強くなる……のだが、生まれたばかりの赤ん坊や年老いた者達は、血を燃やす程の体力がないせいか、朝を迎えるのに十分な熱を持つことが出来ないんだ。

そうなると命を落とすこともあるのでな、そうならないようにする為の冬寝間着が必要となる訳だ」

「なるほどなぁ。

……と、いうことはその山鹿の毛皮も冬寝間着用なのか？」

「……いや、こんなものを着ていたら体が冷えてしまって寝るに寝られないぞ」

そう言って洗いたての毛皮を、竈場の柱にバンバンと打ち付けて水分を飛ばすアルナー。

その様子をじっと見つめながら、体が冷えるとは一体？　とか　鹿の毛皮なら冬に着るには最適だろうに？　とか、私がそんなことを考えていると、アルナーが作業を進めながら言葉を続けてくる。

「山鹿の毛皮は昼間に風を防ぐ為だとか、雨や雪を防ぐ為に着る分には良いのだが、寝床で着るには適していないんだ。

何しろ汗をちっとも吸わないのでな、毛皮の内側で汗がたまって、その汗が冷えて……ひどい時にはそれが凍って凍傷を負いかねん。

　寝床で着るのならメーア布の冬寝間着が一番だ。汗をさっと吸って、すぐに乾いて、外の寒さを全く寄せ付けない。

　大昔に冬山を登頂しようとした二人の若者がいたそうなのだが、山鹿の毛皮を着た若者は一日を待たずに凍死し、メーア布の下着とメーアの毛皮を着た若者は全く凍えることなく悠々と山を登りきったそうだ」

「……なるほど？」

　よく分かったような、分からないような……目の前にある山鹿の毛皮がどうしても暖かそうに見えるせいか、アルナーの言葉がすんなりと入ってこずに私が首を大きく傾げていると、アルナーは、

「……冬になれば分かる」

　と、何かを諦めたような態度でそう言って作業の方に意識を向け始める。

　水分を飛ばし終えたら近くの干し竿にかけて、次の毛皮を洗って……と作業を進めていくアルナーに、私はどうしたものかと頭をかきながら声をかける。

「あー……それでだな、私は一体何をしたら良いのだろうか？

　その寝間着作りをしたら良いのか？　それともその毛皮洗いを手伝えば良いのか？」

「ああ！　そう言えばそういう話だったな！

　……ディアスにはまず冬囲いの前準備として、各ユルトの確認をしてもらいたい。

柱が折れていないか、外布に傷がないか、破けていないか、それと天窓がしっかりと閉じるかの確認だな。

全てのユルトの確認をしたら補修をしていって、それから冬囲いだ。

風と雪に負けないよう柱を木材で補強して、外布を二重にしてしっかりと縛る……訳だが、ここら辺の作業は補修が終わった後に、皆で一斉にやるとしよう」

うっかりしていたと言わんばかりの大声の後に続いたそんな説明を受けて……兎にも角にもユルトの確認をしたら良いのだなと頷いた私は、

「分かった、早速確認してくるよ」

と、そう言って倉庫へと足を向けるのだった。

そうして倉庫の奥から、ユルトの補修用にと用意していた梯子を取り出し、肩に担いだ私は……村中のユルトを一軒一軒、見落としのないように丁寧に確認していく。

屋根を確かめ、壁を確かめ、中に入って柱や床、天窓の動きも確認し、ユルトの中に住人がいた場合は、雨漏りや風が吹き込んだことなどなかったかなどの質問もしておく。

私がここで暮らし始めてから、特にこれといった大風も大雨もなく、災害らしい災害もなかった為か、どのユルトにもこれといった傷はなく、外布が破けているような様子も見受けられない。

途中で昼休憩を挟み、何人かの犬人族に手伝って貰いながら順調に確認を進めていって……そうして最後に確認するのは倉庫用のユルトだ。

何だかんだと荷物の出し入れが多く、少しばかり荒っぽく使うこともあった為、倉庫の確認は特に力を入れて、しっかりとしてやる必要があるだろう。

確認の邪魔になりそうな荷物を一旦外に出す必要もあるだろうし、これは時間がかかりそうだなぁと、そんな思いと共に始まった倉庫の確認は——その通り、夕刻過ぎまでかかってしまう。

夕方までかけてじっくりと、見逃しのないように確認した結果、倉庫のユルトにも特にこれといった傷や破れなどはなく……そうして翌日。

アルナーとベン伯父さんと、クラウスとカニスと、何人かの犬人族達の手を借りてのユルトの冬囲いが開始となった。

柱を木材で補強し、外の布を二重にし、屋根にも覆いをして、雪が自然に流れ落ちてくれるようにと少しだけ傾斜を強くした形にしていって。

ユルトを建てる時とはまた違った工夫が必要となるその作業は、やり始めた当初はどうにも手際が悪く、時間がかかるばかりだったが、何軒かが終わった頃にはそれなりに手慣れることが出来て……日が沈み始める頃にはほとんどの作業を終えることが出来た。

出来上がった冬用のユルトは、ぱっと見た感じでは全く違いが分からないというか、普段のユルトと大差のない見た目なのだが、いざ中に入ってみると、風の通り方というか、冷気の入り込み方というか……そういった空気の感触がかなり変わったことを感じ取ることが出来る。

夕刻になって漂って来た冷気をこんなにまで防いでくれるのなら、冬の寒気も十分に防いでくれることだろう。

そうした作業を終えて、アルナーとカニスが夕食の支度に、クラウスが犬人族達の様子の確認に、ベン伯父さんがフランソワの様子の確認へと向かう中……私は念の為ということで冬囲いを終えたユルトの中へと足を運んで確認をしていく。

そうして最後に集会所へと足を運び……広く大きくなった集会所の冬囲いは大変だったなとか、これ以上人が増えるようならもっと別の、違う形での集会所を作るべきかなと、そんなことを考えていると、入り口の方からエリーが顔を見せながら、

「お父様、ちょっと良いかしら？」

と、そんな声をかけてくる。

「どうした？　何かあったか？」

私がそう言葉を返すと、エリーは「何かあった」と口にする代わりに頷いて、手にした紙束を揺らしながら、集会所の中へと入ってくる。

それを受けて私が適当な場所に腰を下ろし、話を聞く体勢を作っていると……エリーは私の前に座り、手にしていた紙束を床に広げながら話を切り出してくる。

「アルナーちゃんから行商人についての詳しい話を聞いて、どれだけのメーア布を売るか、どれだけの食料や物資を買うかの概算をエイマちゃんと一緒にしてみたの。

メーアちゃん達のおかげで順調に在庫を増やしているメーア布だけど、ユルトや私達の服に使うのもあって、売上の方はちょっとイマイチな感じになりそうなのね。

逆に買う方は色々と入り用で……有り体に言っちゃえば赤字になっちゃいそうなのよ。

幸いお父様が稼いだ金貨がまだまだあるから、赤字になったところでどうってことはないのだけど……お父様はそこら辺どう考えているのかの確認をね、今のうちにしておきたかったの。

……これはあくまで仮の話なのだけど、皆の服をメーア布以外の毛皮なんかで雑に済ませちゃえば、赤字を回避することも――」

と、微かな苦い顔で続けられるエリーの言葉を、片手を上げて制止した私は、首を左右に振って言葉を返す。

「金貨なんか溜め込んだところで食料になる訳でも、服になる訳でもないんだ。そんな無理をしてまで溜め込む必要はないだろう。

皆が安心して冬を越せるようになることが何より大事で、金貨なんかはなくなったらなくなったでまた稼げば良いのだから、赤字だとかに気兼ねすることなく使ってやってくれ」

「まー……お父様のことだからそう言うだろうなーとは思っていたのだけど、それでもこう、折角なんだから概算をまとめたこの書類の確認とか、そのくらいはして欲しいのだけど？」

私の言葉に対しそんな言葉を返して来たエリーは、床に広げた紙束をトントンと指で叩く。

そこにはエリーの筆跡とエイマの筆跡で書かれた細かい数字がびっしりと並んでいて……その数字の密集地に目を滑らせた私は……一応確認したぞと、エリーに向かって頷いてみせる。

「お父様？　ただ見るのと確認するっていうのは、全くの別物なのよ……？

確かに隙間なく数字が並んでいて、見辛い部分もあるけれども……。

……まぁ良いわ、ここら辺の細かい数字についてはアルナーちゃんと代表者？　だったかしら？

その面々に確認してもらうことにするから。

とりあえずお父様の方針としては、赤字を気にせず、しっかりと冬に備えることを優先するって感じで良いのかしら？」

半目で放たれるそんなエリーの言葉に私が再度頷いてみせると、エリーは広げた書類を一枚一枚丁寧に束ねながら言葉を続けてくる。

「……それともう一つ、とっても大事な話があるの。

アルナーちゃんが用意しようとしている冬服に関してなのだけど、あれにいくらかのお金を使っても良いかしら？」

「うん……？　当然、冬服も冬を越す為のものなのだから、さっき言ったように金貨は好きなだけ――」

「ああ、ごめんなさい、言葉が足りなかったわ。冬服をね、お洒落にする為にいくらかのお金を使いたいのよ。

お洒落でなくても十分な機能さえあれば冬を越せるし、必要ないと言えば必要ないことなのだけど……それでもね、折角なんだから皆には可愛い服を着て貰いたいじゃない？

そういう訳でアルナーちゃんの作ろうとしている服に、私の知識を加えての王国風のアレンジって言ったら良いのかしら？　そんなのしてみたらどうかって考えているの。

お洒落っていうのは気分をぐんっと明るくするものだし、何より今後の商品にも良い影響がある話でもあるし……どうかしら？」

束ねた紙でトントンと床を叩き揃えながら、何処か申し訳なさそうにそう言ってくるエリーに対し、私はしっかりと頷きながら言葉を返す。

「勿論構わないぞ。……と、言ってもお洒落だとか、そこら辺のことに関しては私というよりも、アルナーの領分だから、アルナーと相談しながら進めるようにしてくれ」

私自身はお洒落だとかそういうことに興味がないというか、よく分かっていないのだが……そういう服があれば、セナイとアイハンが喜んでくれるであろうことは、なんとなく分かっている。

で、あればそれもまた無駄ではないのだろうと……思う。

……いずれにせよ、服にちょっと手を加えるだけであれば、金もそんなにはかからないのだろうし、その程度のことであればエリーの好きにさせてやっても構わないだろう。

との考えでの私の言葉を受けて、ぱぁっと明るい笑みを浮かべたエリーは、その両手をぽんと打ち合わせながら明るい声を返してくる。

「えぇぇぇ、勿論！　アルナーちゃんと十分に、たっぷりと話し合いながら進めさせてもらうわ！　そうとなったら早速アイサ達に手紙を送って、あれこれと仕入れて貰わなくっちゃね！　早くしないと秋が終わっちゃうものね!!

北のアレと東のアレと……ああ、でもあそこら辺はどうしてもお金が……。

ま！　最悪の場合はゴルディアさんにツケておけば良い話ね！

私達のおかげで新しい支部が作れるんだから、そのくらいは文句ないでしょう。

……ああ、それならいっそのこと、ゴルディアさんに全部仕入れさせて――」

ぐっと紙束を抱きしめながら、そんなことを言い、凄まじい勢いで立ち上がって、集会所から駆け出ていくエリー。

そのあまりの勢いに私は、その言葉の中にあった不穏な単語についての質問をし損なってしまうのだった。

カスデクス領改めマーハティ領、東部の街バーンガル――――マイザー

他都市からの玄関口であり、王国西部の交易の中心地でもあるバーンガルの旧市街にある古びた家々が立ち並ぶ一画の、とある屋敷の一室で。

書類と金貨の積み上げられた机を前に、椅子にその身を預けた二人の男が言葉を交わし合っている。

「よくもまぁこの短期間でこれだけの金と権利書を……金の亡者と呼ばれるだけはあるってことか」

頭と体に布を巻きつけたという、この辺りでの一般的な格好をした、特徴のない目立たぬ顔の男がそう言うと、似た服を着たもう一人の……波打つ銀髪に鋭くつり上がった目、細面できつく下がった口角という顔をした若い男、第二王子のマイザーが声を返す。

「たったこれだけの端金《はしたがね》が何だって？

この程度、その気になりゃぁ誰にだって集められるだろうが。

……あの馬鹿《ディアーネ》のような頭をしていたら無理かもしれねぇけどよ」

「そうは言うがな、あんな魔法のような真似……俺にだって無理だぞ。……傍で見ていてもお前が一体何をしているのやら、何を言っているのやらさっぱりだったしな。お前が金をチラつかせながら口を開けば、それで相手が金を出してきて、その金が更なる金を呼び込んで、集まった金で土地を買って建物を買って……そうしているうちに更に多くの金貨が積み上がっていって……全く訳が分からん」

「はっ……そこら辺は全部が全部、カスデクスのガキの失策のおかげだ。関税撤廃、自由市場は大いに結構だが、そこを突いて悪さするやつを警戒しとかねぇとなぁ。人と物の出入りを見張る目が少ないおかげで、密造品に禁制品と……全く良い商売をさせてもらったよ」

そう言って積み上がった金貨のうちの何枚かをつまみ上げたマイザーは、それらをパラパラと落として金貨の塔を崩しながら小さく笑う。

「……これからのことを思えば、こんなのは本当に端金でしかねぇんだよ。金をもっともっと積み上げて、倍々にしていって……それでようやく『本番』が始められる。ここら一帯を金の力で牛耳って、ディアスとカスデクスのガキに思い知らせてやった上で傀儡《かいらい》にして、『人』と『獣』を商品に稼ぎに稼いで派閥を立て直す。

その後は派閥の馬鹿共と金を上手く転がして……そうやってお前らを勝たせてやりゃぁそれで元の計画通りだ。

計画通りにいった後は金に埋もれながら悠々自適の隠居生活を楽しませてもらうよ」

そんなマイザーの言葉に対し、目の前の男……帝国の諜報員は顔をしかめながら訝しがる。

「……王位についたお前がこの国を明け渡すという計画は何処へ行ったんだ？」

「この期に及んでまーだそんなこと言ってんのかよ。こうなっちまったらもう王位はリチャードで確定だ。たとえ親父が味方についたとしてもひっくり返せねぇよ。

……盤面をひっくり返せねぇ以上は別の手を使うしかねぇ。

ま、お前の言うところの魔法みたいな真似で……そうだな、二、三年のうちに形にしてやるさ」

「……お前が王位につけないというのであれば、手を組む価値なしと見限って、お前の首とその金を手土産に帝国に帰るという選択肢も――――」

と、諜報員がそんなことを言いかけると、マイザーは口角をぐにゃりと曲げながら、耳にした者が怯んでしまいそうな、なんとも嫌な響きの笑い交じりの声を上げる。

「よせよせ、やめてくれよ、そんな出来もしねぇことを口にするのは。

それが出来るならとうの昔にやってるはずだ。出来ねぇからこうして金と人を寄越してるんだろうが。

それと、だ。俺だって相応の備えはしている、もし俺を殺そうもんなら、色々と愉快なお話があっという間に王国中を駆け巡ることになるぞ」

マイザーにそう言われて「ぐう」と唸り声を上げた諜報員は……そのまま何も言えなくなってし

まう。

そんな諜報員のことをじっと見つめたマイザーは、相手を心底から見下すような歪んだ表情を浮かべてから、

「……こんな奴を寄越すとは帝国も人材不足が深刻だなぁ」

と、そう言って呆れ交じりの深いため息を吐く。

諜報員はその言葉に対してどうにか反論しようとした……のだが、良い言葉が、反論が思い浮かばず、仕方なしに苦い声を振り絞る。

「……一体何なんだお前は。

金に執着し、国と家族を売ることに一切の躊躇《ちゅうちょ》も罪悪感もない。

何がお前にそうさせるのだ？　金か？　金の為だけにそこまで出来るものなのか？」

「あー？　俺にそうさせたのはお前らとこの国の愚民共じゃねぇか」

即答と言って良い早さでそう言われた諜報員が、間の抜けたぽかんとした表情をしていると……マイザーは小さく笑って、次第にその笑いを大きくしていって、そうして思う存分に笑ってから、息を荒く吐き出し、その心中を語り始める。

「そもそもだ、この国を最初に売ったのは俺じゃねぇ、愚民共だ。

親父は確かに有能じゃぁねぇが、それでも善良で真面目な良い王だった。

だってのに帝国が攻めてきたとなったら、あんの愚民共はあっさりと親父を裏切り、この国を

……食料と武器と情報を売っぱらいやがった。

……お前みたいな連中がそうなるようにと、事前に手筈を整えてたんだろうが、それにしたって
ひでぇ話じゃねぇか。

挙句の果てに戦況がこっちの優位となったら、手の平を返したようにこっちに媚びてきやがって
……。

そのうちの何人かは見せしめとして裁かれたが、商人共……真っ先に国を売っぱらって私腹を肥やした商人共は、経済の立て直しやら賄賂やらを理由に無罪放免……。

……それを見て俺は悟ったねぇ、この世は金が全てなんだってな」

そう言ってマイザーは金貨を荒く掴み……憎々しげに握りしめながら言葉を続ける。

「もし戦争に負けていたら親父は殺されていたんだろうな……寝る間も惜しんで大した贅沢もせずに、国の為、国民の為にって必死に働いてきたってのに……だ。

善良に生きようが真面目に生きようが……王であろうが、金の力には勝てねぇって訳だ。

……そんなものよりも、悪事で握り込んだ血に塗れた金貨のほうが、何倍も何十倍もの価値があり力がある。……親父も兄貴達もなんだってそのことに気付けねぇのかなぁ」

腹の奥底からのそんな言葉を口にしたマイザーは、握りしめていた金貨を窓の外へと放り投げる。

そうして立ち上がり、窓際へと移動したマイザーは、窓の外の光景を眺めながら、醜悪なまでに歪んだ嫌な笑みを浮かべるのだった。

その部屋の天井裏で――蠢《うごめ》く者達

（襲うかッ？　もう襲っても良いんじゃないかッ）

（……襲う時は、体を伏せながら柔軟にしなやかにッ、気配を消しながら近づいてッ……だったかッ？）

（馬鹿ッ、何かをする前にまずは報告だって教官が言っていただろうッ）

黒い装束で身を包んだ大耳跳び鼠人族達が、天井裏でこそこそと蠢きながらそんな小声を交わし合っている。

（お前等ッ、まずは奴らの会話の記録が先だろうがッ！

一言でも抜けがあったらッ、教官に食われちまうぞッ!!）

一人の鼠人族が発したそんな言葉を受けて、この数ヶ月間彼らを厳しく教育していた教官……獅子人族の老人の顔を思い浮かべた鼠人族達は、その口の大きさと牙の鋭さに恐怖し、ガタガタとその身を震わせ始める。

そうして大慌てで報告用の小さな紙を取り出した鼠人族達は、その身を激しく震わせながら眼下のマイザー達の会話を記録していくのだった。

数日後、エルダンの執務室――――エルダン

愛用の執務机を前に胡座に座り、肘掛けにゆったりと体を預けていたエルダンが大きなため息を吐き出す。

そのため息には鬱屈とした感情が込められていて……近くで寝転がりながら報告書の束を読んでいた自称王国一の兵学者ジュウハが声を上げる。

「なんだ、未だに昨日の……マイザーの暗殺を決断したことを悔いているのか？　どうしても嫌だってんなら今ならまだ止めることも出来るぞ。

止めた先にあるのは、最悪の道……下策中の下策ってことになっちまうが」

その声を受けてエルダンは、再度のため息を吐きながら頭を左右に振り、腹の奥から言葉を振り絞る。

「鼠人族達の報告書を見るに、マイザー達をこれ以上好きにさせておく訳にはいかないであるの。

とはいえ公爵としての諫言権《かんげんけん》を使うには時期尚早……ジュウハ殿の言う通り、始末してしまうのが最上であるとちゃんと理解しているであるの。

……だけれども、そうと分かっていながらも、事が王族殺しとなればため息の一つや二つ出てしまうものであるの……」

そう言ってエルダンがその身を捩《よじ》らせると、ジュウハは大きな鼻息を吐き出し、書類を持っていた手を振り上げ、仰々しい仕草を見せながら大きな声を上げる。

「王族だ、平民だ、奴隷だなんて言っても、そんなのは所詮制度の中の身分の話……裸になっちまえば誰もが同じ人間で生まれに優劣、貴賤《きせん》なんてもんはありゃしねぇのさ。

あるのは生き方による貴賤だけ。こいつに関しちゃぁ誰でもねぇ、複雑な産まれであるアンタが一番よく知っていることだろう？

……そういう訳だから下らねぇ賊を討つだけのことに、いちいち頭を悩ますのは止めにしな」

ジュウハなりにエルダンを気遣ったらしいその言葉に、いくらかの元気を貰ったエルダンが静かに微笑んでいると、鼠人族達の教官である獅子人族の老人が慌ただしい様子で部屋の中へと駆け込んでくる。

「エルダン様……！　申し訳ありません!!

大耳跳び鼠人族と我らの一族による襲撃はマイザー達に気取られてしまっていたようで、失敗に終わってしまいました！

帝国の間者達は残らず捕らえたものの、マイザーは行方不明……！

マイザーはいくつかの商会と何人かの領民達を買収していたようで……そいつらの下に潜んでいるか、あるいはそいつらと共に領外に出たかもしれないとのことです……!!」

息を切らした老人のそんな言葉を受けたエルダンとジュウハは、驚きのあまりに言葉を失ってしまう。

その顔色を一気に悪くし、そうしながらあれこれと考えを巡らせて……そしてほぼ同時に立ち上がった二人は、起きてしまった事態に対応すべく執務室から駆け出ていくのだった。

秋の色が濃くなっていくイルク村で――――ディアス

エリーとアルナーが協力しての冬着作りが始まってから何日かが過ぎて、やれ採寸だ、やれ布染めだと慌ただしくなっていく中、イルク村の冬備えは詰めの作業へと突入していた。

ぱりっと干し上がった干し草の束を倉庫の隅に整然と並べて、美味しそうに干し上がった干し肉を竈場や各ユルトの壁際にずらりと吊るし、草のチーズが入った革袋は倉庫の隣に山積みにし、木の実を始めとした森の恵みは種類ごとに荷箱や荷袋に詰め込み、セナイとアイハンの指示の下で伐採された木は薪にしてから竈場の側に作られた薪棚に積み上げ、あるいは木材として使う為に乾燥しやすいようにと折り重ねて……。

皆の頑張りがそのまま形になったかのようなその光景を眺めていると、なんとも言えない満足感で胸の中が一杯になって、なんだか冬を待ち遠しく思う気持ちまで湧いて来てしまう。

アルナーの話によるとこの草原の冬はとても厳しいものとなるそうだから、そんな風に待ち遠しく思うようなものではないのだろうが、そうと分かっていてもついつい気持ちが弾んでしまって……作業の合間だとかの暇な時間を見つけては倉庫へと足を運んでしまうのも仕方のないことだろう。

　そんな風にこの光景を好ましく思っているのは私だけではないようで、犬人族達やセナイ達もちょこちょこと姿を見せては、積み上がった木材や倉庫の中の様子を眺めてにんまりとした笑みを浮かべている。

　最近は時間に余裕が出来ているのもあって、森には結構な頻度で足を運ぶことが出来ていて……森で思いっきり、その元気が尽き果てるまで遊んでいるからか、その笑顔はいつも以上に輝かしいものとなっている。

　冬備えが完全に終われば更に余裕が出来ることだろうから、そうなれば毎日のように森に足を運ぶことになるかもな……と、倉庫の側でそんなことを考えていると、笑顔のセナイ達がてててっとこちらに駆けてくる。

「ディアス、今暇？」

「じかん、あるー？」

　駆けてくるなりそう言ってくるセナイ達に、私がしゃがみこんで目線を合わせながら、

「暇だし時間もあるが、どうしたんだ？」

　と、言葉を返すと、セナイ達は身振り手振りで何か……三角形の何かを宙に描きながら元気な声を上げてくる。

「畑！　畑に屋根つくって！」

「ゆきよけ、かぜよけ、はるがくるまで、はたけをまもる！」

「畑……？　あぁ、広場にあるセナイ達の畑のことか。確かにどの木の実も順調に育っているようだし、雪除けくらいは作ってやらないとだなぁ。

木の屋根で囲う感じにしたら良いのか？」

「こう、木の棒で三角つくって、干し草の束で包む！」

「つちのうえにも、ほしくさかぶせて、あったかくする！」

そう言ってしゃがんだり立ち上がったりしながら、全身を使ってこういう形にして欲しいと表現してみせるセナイとアイハン。

その光景に微笑みながら、頭の中で必要になりそうな材料の数と作成の手順を練り上げていると、クワを肩に担いだチルチ婆さんがすたすたと軽い足取りでこちらへとやってくる。

「ああ、ディアスちゃん、ここにいたのね。

明日か明後日辺りに収穫を始める予定だから、時間空けておいてちょうだいね」

なんとも軽い調子でそう言ってくるチルチ婆さんに向けて「収穫？」と首を傾げると、チルチ婆さんは呆れ交じりの表情となって言葉を返してくる。

「……ディアスちゃん、何の為にこれまで畑のお世話をしてきたと思っているの？　収穫して食料を得る為でしょう？

葉物のいくつかは雪をかぶせちゃっても平気だけど、お芋はそういう訳にはいかないから、明日か明後日にはやりますからね」

語気を少しだけ強くしたチルチ婆さんがそう言い終えると、今度はアルナーとカニスが姿を見せて、順番に声をかけてくる。

「ディアス、フランソワが出産の準備に入った。明日か明後日には産まれるだろうからそのつもりでいて欲しい」

「ディアス様、妊娠していた犬人各氏族の奥さん方もお産の兆候を見せ始めました。恐らくはフランソワさんと同じタイミングでの出産になるかと思います」

二人から届けられた喜ばしい報せを受けて、勢いよく立ち上がった私が、

「おお！　そうかそうか!!　早速準備にかからないとだな！　出産については詳しくないから、何をしたら良いのか教えてくれ！」

と喜びの声を上げると……セナイ達がなんとも心配そうな表情になりながら、じっとりとした視線を送ってくる。

「い、いやいや、大丈夫だぞ、セナイとアイハンの畑の方もちゃんとやるさ！　二人が頑張って世話してきたんだ……雪に埋もれさせるようなことはないから安心してくれ」

慌ててしゃがみ込み、セナイ達へと真っ直ぐに視線を返しながら、そんな言葉を口にしていると……今度はクラウスが大きな声を上げながらこちらへと駆けてくる。

「ディアス様ー！　マヤ婆さんの占いで、明日か明後日辺りに寒波とモンスターが襲来してくるっていう結果が出たそうで、今のうちに警戒と備えをしておいて欲しいとのことです！」

つい先程までこの程度ならなんとかなる、どうにか出来ると、そんなことを考えていた私だったが……そんなクラウスの大声にとどめを刺されてしまい、頭を抱え込んでの唸り声を上げることになるのだった。

セナイ達の畑の冬囲いに、畑の収穫に、フランソワと犬人族達の出産に、寒波とモンスターの襲来に……。

一斉にやってきたそれらの騒動に対し、私達はすぐさま話し合いを行い、皆で手分けをして対処をすることになった。

モンスターの襲来に関してはクラウスとマスティ氏族達が担当する。

モンスターがやってくるというイルク村の北側……村からかなり距離を取った位置にユルトを建てて、そこでモンスター達を待ち構えて迎撃をしてもらう形をとる。

フランソワ達が無事に出産を終えられるように、アリ一匹すらも見逃すことなく討伐し、何があってても絶対にイルク村には近寄らせない！　と、クラウスが鼻息を荒くしていたので、きっとやり遂げてくれることだろう。

出産に関してはアルナーとカニス、マヤ婆さん達が担当する。

集会所を出産の為の産屋として綺麗に掃除し、香で清め、寝床やらを整え、必要な道具やら薬草やらを一箇所に集めて対応するそうだ。

私は出産に関しての知識が全く……欠片程もないので、全てを任せて、アルナー達が良いと思うようにしてもらうことにした。

畑の収穫はシェップ氏族、センジー氏族達が担当する。

主な作業は芋掘りになるので、穴掘りが大好きで大得意な犬人族に任せておけば、寒波が来る前に問題なく終わらせてくれるに違いない。

寒波対策……というか、寒さ対策はエリーとベン伯父さん、犬人族の女性や子供達が担当する。

エリーが進めていた冬服作りを一旦中断し、冬寝間着……を作る程の時間はないので、簡単な造りの、体を覆う為のマントのような布作りをして貰うことになる。

数着の冬寝間着と、数着のマントは今日までの間にアルナーが用意してくれていたのだが……今回の寒波がどの程度の寒さになるのか分からないのと、赤ん坊が生まれるのもあって、念の為に数を増やしておいたほうが良いだろうということになったのだ。

今回の寒波は一時的なものだろうとのことなので、一晩二晩を越えられる分があれば良いとのことだ。

セナイ達の畑の冬囲いは、私とエイマ、セナイとアイハンが担当する。

寒波が来る前に仕上げる必要があることなので急ぎつつ……セナイとアイハンが望む形、満足する形にしてやる必要がある作業だ。

私がこの作業を担当するのには、村の中央にある広場で待機し、不測の事態があった際にすぐに対処出来るようにしておく、との理由もある。

冬囲いの作業が終わったら、畑の側に置いてある戦斧を手に、出産が無事に終わるまで寝ずの番をする覚悟だ。

ともあれまずはセナイ達の畑の冬囲いだ。

話し合いだ何だと時間を使ってしまって、時間はもう昼過ぎ。

明日の朝には寒波が来るかもしれないのだし、急いで終わらせなければ……。

……と、そんなことを考えながら干し草の束を抱えて畑の方へと向かうと、セナイとアイハンとエイマが協力し合いながら作業を始めていた。

干し草を畑の土に隙間なく被せていって、ロープや杭、石を使ってしっかり固定する。

そうやって土の下の根を寒さから守ってやって……土の上の部分はこれから作る干し草の屋根で守ってやるのだろう。

その程度のことで厳しい冬の寒さから守れるのかと疑問だったが、セナイとアイハンによると、『ユルトみたいなものだから問題ない』とのことだ。

……言われてみれば確かに薄い布だけのユルトでも、十分過ぎる程の暖を取る事が出来ているし、草木達のユルトだと思えば悪くないのかもしれない。

干し草に覆われつつあるセナイ達の畑には、くるみを始めとしたいくつかの木の種と、果物の種、サンジーバニーの種が植えられていて……春の終わり頃に芽を出したくるみ達や果物や、夏の終わり頃に芽を出したサンジーバニーは、細いながらも立派な幹を構えていた。

この若木達を寒さから守ってやって、一年二年……あるいはもっと多くの時間をかけていけば、いつか大きく育った木から実が採れるようになる……訳だが、そうなるとこの畑には根本的な問題があるのではないか……？

作業の様子を眺めるうちにそんな疑問をいだいた私は……担いでいた干し草をセナイ達の側に下ろしながら、地面に両膝をついて一生懸命に小さな手を動かしているセナイ達へと声をかける。

「なぁ、セナイ、アイハン。

この畑……木を育てるにしては狭くないか？

このまま木が大きくなっていくと、手狭になってしまうと思うのだが……？」

そんな私の疑問に対し、セナイ達は私が持って来た干し草に手を伸ばしながら答えを返してくれる。

「ここは苗畑だから良いの」

「なえぎを、そだてる、なえばたけ」

「大きくなったら別の場所に植え替える」

「きのあかちゃんのはたけ、おおきくなるまでここでまもる」

「そうやってイルク村を良い木でいっぱいにする！」

「きのみでいっぱいの、ゆたかなむらにする！」

「木の実がいっぱいあれば皆元気になる！」

「うまれてくる、あかちゃんも、おなかいっぱい！」

セナイ達の強い想いが、いっぱいに込められたその言葉に、エイマがにっこりとした笑みを浮かべる中、私は「なるほど」と頷いてから、駆け足でもって倉庫の側に積んである木材の下へと向かい、屋根を作るのに良さそうな木材を見繕う。

苗木だとかの話は、正直よく分からなかったが、兎にも角にもセナイ達が村の為に頑張ってくれているということはよく分かった。

そういうことならばセナイ達の好きにさせてやって……私はその手伝いをするだけのことだ。

見繕った木材を肩に担いだら、畑へと駆け戻り、セナイ達やエイマの指示に従って作業を進めていく。

干し草を敷き詰めてしっかりと固定し、木の棒で屋根を作って若木を囲い……しっかり固定してから屋根に干し草を被せて、もう一度しっかりと固定する。

若木一本に一つの屋根という形で、セナイ達の畑を干し草の屋根でいっぱいにしていって……全ての若木を屋根で覆い終えたら、隙間などがないかの確認を一つ一つしっかりとしていく。


……と、そんな風に作業を進めていってセナイ達の畑全体の冬囲いが終わったのは陽が傾き始めた夕刻のことだった。

夜になる前に終わることが出来て良かったと、ほっとため息を吐き出してから……疲れ切った様子のセナイとアイハンをユルトで休ませる為にと抱き上げると……セナイとアイハンが、どういう訳か両手両足を突っ張り、顔と体を振っての抵抗をし始める。

そんな二人の様子を見て、私とセナイ達に抱きしめられていたエイマが一体どうしたのだろうか？　と首を傾げていると、セナイとアイハンの視線が集会所へと向けられて——次の瞬間、産屋となった集会所が騒がしくなり始める。

出産は明日か明後日になるとの話だったが、もう始まってしまったのだろうか……？

と、そんなことを考えながら私は、産屋の方が気になって仕方ないらしいセナイとアイハンをがっしりと抱きかかえて、有無を言わさずに私達のユルトへと足を向ける。

「フランソワ達と赤ちゃん達のことが心配なのは分かるが、それでセナイ達が風邪を引いてしまっては元も子もない。

今日はもうユルトで休みなさい、夕食はユルトの中に用意してあるのを好きに食べて良いそうだぞ」

「アルナーさんとマヤさんがついているのですから……フランソワさん達は大丈夫に決まってますよ！

何かあればすぐに報せが届くでしょうし、セナイちゃんとアイハンちゃんに手伝って欲しいときもおんなじです。

ですから今は、冷えた体を温めながらゆっくりとお休みしましょう」

足を進めながら私とエイマがそう言い聞かせていると、そこへ布の束と毛皮の塊を抱えたエリーが凄まじい勢いで駆けてくる。

「あーもう、あーーもう！　なんとか間に合って良かったわー!!

はい！　これがセナイちゃんとアイハンちゃん、エイマちゃんの防寒布ね！

とりあえずはこれに包まっておいて!!

お父様はこっちの毛皮ね！　なんだか如何にも山賊!!　って仕上がりになっちゃったのだけど、何しろ時間が足りないのだから今回はこれで許して頂戴な。

鎧代わりって訳じゃないのだけども、毛皮の質が良いからそれなりの防具としても使えるはずよ。

これから寝ずの番をするのでしょう？　これを着てしっかり頑張ってね」

そういって毛皮の塊を私の肩にかけて、防寒布とやらをセナイ達にかけようとしたエリーは、セナイ達の様子を見るなりその目を丸くする。

「……ってあらやだ、セナイちゃんとアイハンちゃんは一体どうしたの？　そんなにぐずっちゃって……。

あっあー！　もしかしてアルナーちゃんがいなくて寂しいのかしら？

も～、しょうがない子達ね～！

そういうことなら今晩は私が一緒にいてあげるわよ！　ほらほらこれに包《くる》まって……お家に帰ったらすぐにご飯を温め直してあげるから、寝る前にしっかり食べないとだめよ！」

そう言って防寒布ごとセナイとアイハンと、二人の腕の中のエイマを抱き上げたエリーは、セナイ達にも私にも有無を言わさずにユルトの中へと駆け込んでいく。

そうしてセナイ達の代わりに毛皮の塊を手にすることになった私は……本当に山賊のそれにしか見えないその毛皮の塊を、渋々身に着ける。

そうやって全身を毛皮で覆ったなら、戦斧を肩に担いで、灯りと暖を確保する為に篝火《かがりび》を各所に設置して……日が沈んで夜となったイルク村を行ったり来たりと巡回する。

まだ寒波というほどには寒くなく、モンスターの気配もなく、イルク村にはいつも通りの静かな夜が広がっていて……そんな中で唯一、集会所だけが騒がしい空気に包まれていた。

陣痛が始まったのか、それとも出産が始まったのか……状況がどうなっているのかは分からない

が、ユルトの外布に映り込む影の動きを見る限り、相当に慌ただしいことになっているようだ。

アルナーと思われる影がユルトの中を行ったり来たり、休む暇なく動き回っていて……その影を見ていると、私も頑張らなければという思いが湧き出てくる。

出産という場において全くの役立たずだからこそ、この腕と戦斧で頑張りたいというか、挽回したいというか……生まれてくる赤ん坊達の為にも何でも良いから、どんな形でも良いから役に立ちたいのだ。

そうして気合を入れ直す意味でしっかりと戦斧を担ぎ直した私は、フランソワ達が安心して出産出来るようにと、見逃しのないようにくまなく、目を皿にし耳を澄ませながら巡回を再開するのだった。

草原北部の仮設ユルトで――クラウス

「見張りは最低限で良いぞ！　草原全部なんかは見張りきれないし、多少の見逃しがあってもアルナー様の魔法があるからな！

とにかく村を守ることを最優先に、村に近付こうとするやつだけに意識を向けるんだ！

そしてそういう奴がいたらまずは威嚇だ、次に足を狙って攻撃して、動けなくしたら放置で良いし、逃げてくれるなら追い打ちをする必要はない！」

防具を身につけ槍をしっかりと握り、仮設のユルトの中でそう訓示するクラウスに対し、同じく装備を身につけたマスティ氏族達が、わふわふと口を動かしながら鼻息を荒くする。

その目には絶対に自分達の村を守ると、生まれてくる新たな命を守るとの意思が強く宿っていて……その目をじっと見つめながらクラウスは、誇らしさと心強さを胸に訓示を続けていく。

「それとな、俺は指揮の為に寝ないが、皆は交代でしっかりと睡眠と食事をとって英気を養うように。

……実戦は想像以上に消耗が激しいものだ、休める時に休んでおかないと後で響いてくるぞ。

……うん？　俺はどうなんだって？

あのディアス様と一緒に……何年も一緒に戦って来たんだぞ？　二日三日の徹夜なんて訳ないさ。

突然の行軍で一週間休みなしなんてのもザラだったしなぁ……それに比べれば全然だよ、うん。

いや、もう、本当にあの人は疲れ知らずでガンガン動けちゃうからついていくのが大変でなぁ。

どんな場所でも寝れちゃうし、どんな不味い飯でもいけちゃうしで、本当に何なんだろうなぁ、あの人は……。

……うん、まぁ、視界の通る昼間になって余裕がありそうならその時に休むから、皆は気にせず休んでくれ!!」

遠くを見て、何かを思い出し……虚ろな目となったクラウスにそう言われて、マスティ氏族達は素直に頷き「わふーん！」と整然とした返事をし始めた。

イルク村――――ディアス

夜が深くなり、太陽が残した熱が失われていって……更に北からの風もあって寒さが厳しくなってきた頃、産屋となった集会所の入り口が開き、マヤ婆さんが姿を見せる。

寒さに身震いしてから厠《かわや》にでも行こうとしているのかゆっくりと歩を進め始めるマヤ婆さんの側に駆け寄った私は、同じ歩調で足を進めながら中の様子が知りたい一心で声をかける。

「どうだ？　フランソワ達の様子は？　それとアルナーやマヤ婆さん達にも問題はないか？」

「心配する必要はないよ。

妊婦達は皆順調だし……あたし達も交代で休んでいるからね。お産が長引いて四日も五日もかかったとしても、支障なく赤ん坊達をこっちに引き寄せてやるともさ」

私が声をかけてくることを予想していたのだろう、マヤ婆さんはさらりとそう言って厠の方へと足を進めていく。

「……引き寄せる？」

その言葉の中で一つだけ引っかかる単語があって私がそう尋ねると、マヤ婆さんは半目で大きなため息を吐き出してから、言葉を返してくる。

「全く……良い年をした大人がそんなことも知らないでどうするって言うんだい。

良いかい、妊婦達のお腹はね、神様の世界に繋がっているんだよ。

赤ん坊はその世界からの贈り物で……あたし達が引き寄せてやらないとこちらの世界での生を得ることが出来ないんだよ。

ただ産めば良いってもんじゃぁないんだ。精一杯の手を尽くしてやって、上手くこちらの世界に引き寄せてやって、薬草入りの産湯に入れて清めてやって……それでも赤ん坊はあっちの世界に近いからね、ちょっとしたことであっちの世界に帰ってしまうもんなんだよ。

……ま、フランソワも犬人の嬢ちゃん達もお腹を痛めながらも元気に笑っていたからね、あの様子なら問題はないだろうさ」

マヤ婆さんのその言葉に「なるほど」と私が頷いていると、マヤ婆さんは半笑いになって言葉を続けてくる。

「産屋が何度か騒がしくなっただろう？　あれは妊婦達の笑い声だったのさ。

篝火の灯りを受けて壁に映り込んだ、右往左往するアンタの影姿を見て、まるで迷子になった熊みたいだってそんな冗談を言い合ったりしてね……本当に頼もしい限りだよ」

そう言ってマヤ婆さんは片手を軽く振って、見張りに戻れと促してきて……私は素直に従い、集会所の方へと足を向ける。

そうして篝火が消えないように薪を足してから……それで皆が笑ってくれるならと、熊のように両肩を持ち上げて、のっしのっしと歩き回っていく。

草原北部の仮設ユルト――――クラウス

夜が深まり月が動き、マヤが襲来を予言した翌日となって、北の山から冷たい風が吹き降りてきた頃……何かの気配を感じ取ったのか、ユルトの中で待機していたマスティ達の様子に変化が現れる。

匂いを感じ取ろうと鼻を突き上げ、漂う空気をいっぱいに吸い込み、落ち着かない様子で立ち上がり、ぐるぐるとユルトの中を歩き回って「何か」の正体を懸命に探ろうとし始めたのだ。

アースドラゴンの素材から作り上げた竜牙と呼ばれる戦闘用のマスクと、竜鱗のマントと呼ばれる防具を揺らしながら忙しなく歩き回り続けるマスティ達を見て、ユルトの最奥で胡座をかいていたクラウスは、側に置いていた槍を手にとって、静かに立ち上がりユルトの外へと足を向ける。

するとユルトの外、篝火の側で見張りをしていたマスティ達の氏族長であるマーフもまた「何か」を懸命に探ろうとしていて……クラウスは周囲を警戒しながら体をほぐしていつでも動けるようにと備え始める。

そうしてクラウスが十分に体をほぐし終えた頃……離れた地点での見張りを任せていたマスティ氏族達の威嚇の声が北の方から響いて来る。

その声を耳にするなりクラウスとマーフとユルトの中にいたマスティ氏族達は、すぐさまにユルトの周囲に篝火を立てて、いざという時の為の戦場を整え始める。

見張りのマスティ達はクラウスの指示通り、まずは威嚇をしているようだ。

それで相手が退かなければ足への攻撃が開始されて……それでも相手が退かず、かつ手に負えないようならこちらに誘導するという手筈になっている。

簡単な落とし穴などの備えをしたこの一帯で、連携しながらの攻撃を仕掛け、それでも手に負えないようならイルク村にいるディアスに頼ることになる……が、そこまでの強敵が現れるなんてことは、そうそうあることではない。

ディアスでなくとも自分達ならば……これまで毎日欠かすことなく訓練をしてきた自分達ならば、十分にやれるはずだとクラウスが鼻息を荒くしていると、威嚇をしていた見張り達がマントをはためかせながらこちらへと駆け戻ってくる。

どうやら相手は彼等の手には負えない厄介な相手であるらしい。

「ロアン！　センガ！　トクデ！　報告を！」

駆け戻って来た者達にクラウスがそう声をかけると、名を呼ばれた三人は慣れた手付きでマスクを外し、声を返す。

「モンスター！　大きい！　遅い！」

「柔らかい！　竜牙で貫けた！」

「でも怯まない！　止まらない！」

そう言って息を整え、体勢を整える三人にクラウスは、しっかりと頷いて、

「よくやった！　消耗しているなら後方に下がって休め！」

と、声をかける。

相手が何者であるのか、どのくらいの大きさであるのかはっきりとしない報告だったが、雲の多いこの闇夜の中ではそれも仕方ないことだろう。

むしろ己の鼻だけを頼りによくやったものだと、クラウスが彼等の頑張りを誇らしく思っていると、クラウスの表情からその想いを察したのだろう、体勢を整えた三人は尻尾を激しく振り回しながら、マスクを被り直し、クラウスの側で戦闘態勢を取り始める。

そうしてクラウスと、マーフを含めて七人となったマスティ達が戦闘態勢を取っていると……そこに何かを引きずるような、大きな音が響いてくる。

その音から少し遅れて大きな黒い影が姿を見せて……クラウス達の周囲に立つ篝火が、ゆっくりと動くその影の正体を照らし出す。

黒い鱗に覆われた大きな体、それを支える四本の太い脚、引きずられながらゆらゆらと揺れる長い尻尾。

顔の両脇についたギョロリとした独特な目と、大きく前に出た長い顎と、上顎の先端にある鋭い角が特に目を引くその正体は、クラウス曰く、

「……なんだ、ただの大蜥蜴《おおとかげ》か」

であった。

モンスターではあるが、火を吐くこともなく、特別な能力を持たず、身にまとう瘴気も大したことはない。

その巨体と、巨体に見合った膂力《りょりょく》と生命力だけが特徴とも言える大蜥蜴を前にしたクラウスは、安堵のため息を吐きかけて……いやいや、油断は良くないと大きく息を吸って、弛緩しかけた体を引き締め直す。

「こいつは人間も一呑《ひとの》みにしてくるからな！　一番に大顎を！　次に振り回される尻尾に気を付けろ！

正面には俺が立つからお前達は左右に立って、まずは足！　次に脇腹を攻めろ！

無理に攻めず、怪我をしないことを第一に！　巨体に潰されないようにも気を付けろよ!!」

続いてそう声を上げたクラウスは、マスティ達が指示に従って大蜥蜴を囲うように広がったのを見て、満足そうに頷き……そうして槍を構えてその先端を大蜥蜴の方へと突きつけた。

戦場となった草原北部の一帯で――――大蜥蜴

鼻先にその槍を突きつけられたことにより、大蜥蜴は一切の身動きが取れなくなってしまっていた。

尋常ではない禍々しさと、力強さを秘めたその槍は、直撃したならば自らの命をあっさりと奪い取るに違いない。

絶対に食らう訳にはいかないその攻撃を回避、あるいは迎撃する為に、全身を緊張させ、全神経を集中させて、その槍の動きにのみ意識を向ける。

(ああ、全く、何だってここは炎だらけなのだ。無駄に明るく、無駄に炎気が渦巻き、何もかもが感じ取りにくいではないか)

と、そんなことを考えながら大蜥蜴は、目の前の敵がどう動いてくるのかを窺い続ける……が、いつまでもそうしている訳にもいかなかった。

何しろ目の前の敵には仲間がおり、その仲間達が自らの横腹を食い破らんと虎視《こし》眈々《たんたん》と狙いをつけているのだ。

目の前の槍程ではないにせよ、禍々しい牙を構えるそいつらも相応に厄介であり、何らかの対応をしなければならないだろうかと、どうするのが最善なのだろうかと大蜥蜴は頭を悩ませる。

あるいは戦うことをせずに全力で逃げてみてはどうだろうか、と大蜥蜴の頭が悪くない判断を下してくる――――が、その瞬間、大蜥蜴の体内にある魔石から放たれる瘴気が唸り声を上げる。

『逃げることなど許すものか』

『目の前の憎き敵を噛《か》み砕け』

『自分達以外の生物を許すな』

『この世界を瘴気で埋め尽くせ』

そんな声と共に膨れ上がる瘴気が大蜥蜴の全てを支配し、憎悪で染め上げ、命を賭しての闘争へと駆り立てる。

そうなってしまってはもう悪くない判断も、目の前の槍への恐怖も、生存本能も何もなかった。

大蜥蜴は凄まじい音域での絶叫を吐き出しながら大きく口を開け放ち、目の前の敵へと襲いかかる。

その絶叫を受けて、横腹を狙う小さな敵達が怯み上がる中、目の前の槍を構える敵はそんな絶叫などまるで聞こえていないかのような態度で受け流し、渾身の噛みつきすらも大きく跳躍することで回避してしまう。

そうして大蜥蜴の背に着地した敵は、粛々と急所に狙いを定め、禍々しき槍での一撃でもって、僅かな痛みすら感じさせることなく大蜥蜴の命を奪い取ってしまったのだった。

大蜥蜴の上で――クラウス

戦いを終えて、愛用の槍……悩みに悩んで竜牙撃槍《りゅうがげきそう》と名付けたそれを大蜥蜴の体から引き抜いたクラウスが周囲に視線を巡らせると、そこには頭の上の両耳を両手で抑え込みながらへたり込むマスティ氏族達の姿があった。

「何だ何だ、一体全体どうしたんだ？」

竜牙撃槍についた血糊を振り払いながらそう声をかけるクラウスに、マスティ達はただへたり込み続けるばかりで言葉を返してこない。

「……あー、もしかしてアレか？

以前言っていた、人間族には聞き取れないとかいう音にやられたのか？

耳が良いっていうのも考えものだなぁ」

そう言って大蜥蜴の背から飛び降りたクラウスは、へたり込むマスティ達の側に駆け寄って一人一人丁寧に、怪我をしてないか、鼓膜が破れていないかといった確認をしていく。

そうするうちに回復してきたのか、マスティ達がゆっくりと顔を上げていって……傷一つないクラウスの姿と大蜥蜴の死体を見るなり笑顔になって、尻尾を激しく振って歓喜に沸く。

「よしよし、怪我もしていないようだし、耳も平気そうだな。

……大蜥蜴の解体だとかは落ち着いてからにするから、休みたいやつはユルトに戻って休んで良いぞ！

休める時に休むのも大事な————」

————と、そんなクラウスの言葉の途中で、先程も聞いた何かを引きずるような大きな音が北の方から響いてくる。

その音を耳にしたクラウスと、犬人族達はすぐ様戦闘態勢を取り……そこに見張りに出ていた残りのマスティ達が駆けつけてくる。

そうやってクラウスと10人のマスティ氏族が構えを取る中、大きな音がその数を増やしながら凄まじい勢いでもって距離を縮めて来て……クラウス達は激戦の予感にその身を震わせた。

翌日の早朝、イルク村――ディアス

それから夜は何事もなく過ぎていって、朝が近くなった頃。

辺りの空気が一気に冷え込み、季節に似合わない早霜が降りて来た。

その冷たさは周囲に広がる草達の活力を一瞬で奪い取る程のもので……収穫を済ませておいて良かったと安堵すると同時に、マヤ婆さんの占いの凄まじさに驚かされてしまう。

他の婆さん達から外れたことのない占いだと聞かされていたし、長い付き合いのマヤ婆さんの言うことだからと信じて動いた訳だが……それでもまさかと思わずにはいられないな。

この分だとモンスターの襲来も占いの結果通りに起こっていそうだが……まぁ、クラウス達であれば問題なく対処していることだろう。

何かあれば報せを寄越すなり、逃げてくるなりする手筈になっているし、心配する必要はない……はずだ。

……と、そんなことを考えているうちに朝日が昇ってきて、イルク村はいつもとは少し違った景色の朝を迎える。

目覚めたセナイ達と、伯父さん達と、心配過ぎてか一睡もしていないらしい妻の出産を待つ夫達と、犬人族達がユルトから這い出して来て、井戸や厠の周辺が騒がしくなり、次に竈場が騒がしくなり……そうやって村全体が賑やかになっていく。

産屋で今も忙しくしているアルナー達の代わりに、セナイ達が竈場での指揮を取り、犬人族達がいつも以上に慌ただしく動き回り……いつもよりも少しだけ雑で、少しだけ大味な朝食が出来上がって、広場に用意された食卓の上に並べられていく。

更にいくつかの特別な食事……チーズをたっぷりと混ぜた麦粥や、温かくした薬湯、木の実の盛り合わせなどが産屋に差し入れられていって、次に馬達のいる厩舎や、ガチョウ達がいる飼育小屋にも干し草などの餌が運ばれていって……それらが終わったら頑張ってくれた皆と食卓を囲んでの朝食だ。

私の身につけている毛皮は犬人族的にはとても格好良く見えるものであるらしく、食卓での話題の中心は私の毛皮についてだった。

当然お産のことやクラウス達のことも話題に上がったが、私も詳しいことは分かっていないので軽く触れることしか出来なかったのだ。

皆で無事を祈りつつ心配し、様子を見たい気持ちをぐっと堪えながら心配するだけに留めて、頑張っているアルナー達やフランソワ達やクラウス達に負けないように頑張ろうと声を掛け合ってから……朝食を済ませた私以外の皆が凍える寒さの中、元気いっぱいに働き始める。

朝食の準備の時と言い、今と言い、私も一緒になって働きたかったのだが……徹夜したのだから休憩しなさいとセナイ達に怒られてしまい、産屋の側で毛皮に包まりながらの休憩を取ることになった。

色々なことが心配で、心配過ぎて眠ることは出来なかったが、それでも目を閉じて、周囲の音に耳を傾けながらうつらうつらとして……そうして昼頃、産屋の中から今までにない大きな声が響いてくる。

それは祝福と歓喜の声で……少しの間があってからアルナーが産屋の扉を開き、疲れを感じさせない笑顔を見せる。

「産まれたぞ！

シェップ氏族のルパとビアトの子だ！

五つ子で皆元気に産声を上げているぞ！」

その声を受けて、私を含めた周囲の皆からも祝福と歓喜の声が上がり……シェップ氏族のルパが大慌てで産屋の中に駆け込もうとする……が、アルナーが声を上げながらそれを制止する。

「ルパ！　他の皆の出産が終わるまではここは立入禁止だ！

ビアトと子供達は落ち着き次第、お前達の寝床へと連れていくから、そちらの支度を進めておけ。

事前に渡しておいた清めの香を焚《た》いて、ビアトの為の白湯を用意してやって……お前にとってはここからが本番だぞ」

アルナーにそう言われたルパは大慌てで自分のユルトへと駆けていって……その後ろ姿を見送ったアルナーは、私が何かを言うよりも早く声をかけてくる。

「そう心配をするな、皆順調だとも。

思っていた以上の多産で時間がかかっているが、夕方までにはどの子も無事に産声を上げてくれるだろう」

「……そうか、皆順調か……それは何よりだ。……何か必要な物やして欲しいことはあるか？」

「備えは産屋の中に揃えてあるから大丈夫だ、何か必要になればこちらから声をかける。

ディアスはそこで堂々と落ち着いた姿を皆に見せてやってくれ。

……それと、その毛皮、よく似合っているぞ」

喜んで良いのか、そんな言葉を残して産屋の中へと戻っていくアルナー。

それから私はアルナーの言葉の通り、堂々と構えて立ち、皆に落ち着いた姿を見せつける。

内心は産まれた赤ちゃんを早く見たいとか、なんでも良いから皆の仕事を手伝いたいとか、そんな想いで沸き立って落ち着きとは程遠い物だったのだが、それでもどうにかこうにか外面を整えて、構え続けて……。

そうこうするうちに、出産を終えた母親と、メーア布にすっぽりと包まれた毛がなくて、しわしわで、何族なのか判別のつかない赤ん坊達が次々と産屋から運び出されていく。

母親達はなんとも落ち着いた様子で微笑んでいて、赤ん坊達は「ニー！　ニー！」と元気に声を上げていて……皆が皆、多産なのもあってイルク村中が赤ん坊達の元気な産声に包まれていく。


そうして日が傾き始めた頃、産屋に残る妊婦はフランソワだけとなり……心配で仕方ないとばかりに産屋の周囲をうろうろとする私とフランシスと、そんな私達をどうにか落ち着かせようとするエゼルバルド達と、仕事を終えた村の皆が心配そうな表情をしながら産屋をぐるりと囲む。

次々と産屋を後にする、犬人族の母親と赤ん坊達を送り出す度にアルナーは「大丈夫だ、心配するな」と言っていたが、本当にフランソワは大丈夫なのだろうか、ちゃんと出産出来るのだろうかと心配する気持ちがどんどんと膨らんでいって、膨らみすぎて破裂しかけた頃……産屋の中から一際大きな産声が聞こえてくる。

「ミァー！　ミァー！　ミァー！」

そんな元気な産声の主は一人から二人、二人から三人と増えていって……声が重なり合いすぎて果たして何人いるのか分からなくなった頃、アルナーとマヤ婆さん達が犬人族の赤ん坊達とそっくりの、毛がなくてしわしわで、そうだと言われなければメーアだと分からない子供達を抱えながら姿を見せる。

「六つ子だ！

メーアは三つ子でも多いというのに、全く……フランソワは凄い母親だな！

そしてフランシス、お前は世界中の誰よりも恵まれた父親だ!!」

疲れているはずなのに、そうとは感じさせない笑顔のアルナーのその声を受けて、イルク村は赤ん坊達の産声にも負けない歓声で包み込まれる。

誰もが笑顔で、かつてない程に幸せそうで嬉しそうで、フランシスに至っては嬉し涙を流しながら全身を躍動させての踊りを披露し始めるのだった。

大蜥蜴の死体まみれとなった一帯で――――クラウス

夜更けに一匹目の大蜥蜴の襲撃を受け、完勝と言って良い形で勝利したクラウス達だったが……大蜥蜴がその口から吐き出した最期の絶叫を聞きつけてか、二匹目、三匹目の大蜥蜴の襲撃を受けてしまい、それらの絶叫が更なる大蜥蜴達を呼び寄せ……そうしてクラウス達は休む間もなく、数え切れない程の数の大蜥蜴達と戦うことになってしまった。

夜が明けて朝となり、朝が過ぎて昼となっても大蜥蜴達の襲撃は絶えることなく、夕刻を過ぎても尚も絶えず、クラウス達は精も根も尽き果てた、疲労困憊《ひろうこんぱい》かつ返り血まみれの姿と成り果ててしまっていた。

それでもクラウス達が怪我らしい怪我を負っていなかったのは、落とし穴などの備えをしっかりとしていたのと、大蜥蜴が雑魚と呼んでも良いようなモンスターだったからだろう。

アースドラゴン程の強靱《きようじん》さもなく、ウィンドドラゴン程の鋭さもなく、ただただ鈍重で、火を吐くようなこともしてこない。

その体の大きさと数の多さだけが厄介で……そしてその厄介さにクラウス達は押し潰されそうになっていた。

（……俺はまだまだいけるけども、皆はもう限界だ。

槍も牙もこびりついた血糊のせいで鋭さを失っているし、撤退すべき……だろうか？）

もう何匹目かも分からない大蜥蜴と睨み合いながらそんなことを考え、頭を悩ませるクラウス。

撤退すること自体は容易だ。

問題は大蜥蜴達が追撃してくるか否かであり……そのせいでイルク村に大蜥蜴を誘導するようなことになってしまったとしたら……。

イルク村に被害が出ることは絶対に許容出来ることではないし、今のイルク村は出産という重大事を抱えている状態にある。

仮に出産中の妊婦達が大蜥蜴の絶叫をその身に受けてしまったら……鍛え抜かれたマスティ達ですらへたりこんでしまったのだ、間違いなく悪影響があることだろう。

（……どうしたら良いんだろうなぁ。

このまま戦い続ける訳にはいかない、撤退する訳にもいかない……。

イルク村に行けばディアス様がいて、ディアス様ならこんな奴ら、あっという間になんとかしてくれるんだけど……）

荒く息を吐き出し、揺れるその目で大蜥蜴の一挙手一投足を逃すことなく睨みながらそんなことを考えたクラウスは、仮にディアスがここにいたらどうするだろうかと考え……そうして答えを出す。

「皆！　撤退だ！

イルク村まで退いてディアス様にこのことを報せるんだ！

俺はこの場に残ってこいつらの足止めをする！

なぁに、こんな雑魚！　追加が10や20来たとしてもなんとかなるさ!!」

かつての戦場でディアスがそうしたように、自らが殿《しんがり》になる道をクラウスが選ぶと、マスティ達はまさかという表情で困惑し、動揺する。

自分達も限界だが、クラウスも限界のはずだ。

そんな状態のクラウスを……群れの仲間を置いて逃げるなど、仲間を第一に考える自分達マスティ氏族に出来るはずがない。

ここで敵を迎撃してくれとの正しき血を持つ我らが主の命に逆らう訳にもいかないし……かといって限界が来てしまっている自分達に一体何が出来るというのだろうか……。

頭を働かせることは苦手としているのに、それでもどうにか頭を働かせて……どうしたら良いのか、どうするのが最善なのかと、動揺の中で懸命に探るマスティ達。

そうして少しの間があった後に……族長のマーフと若者の何人かが足を前に進めて、大蜥蜴と睨み合うクラウスの横に並び立つ。

『わぉっふう！』

疲労しているのと、マスクをしているのとで、そんな声になってしまいながらも、立派で力強い吠え声を上げるマーフ達。

そこにいる面々の全員が妻帯者であり、妻達が無事に出産することを祈る身であると気付いたクラウスは、すぐさまに、

「奥さんと赤ん坊達が村で待っているんだぞ！　お前達が逃げないでどうするんだ!!」

と、叱責するが、マーフ達は力強い視線をクラウスに向けることで、何を言われても退かないとの意思を強く示す。

『答えでない！　悩んでも！

だから任せる！　血の意思の決断に！

血が叫んでいる！　仲間守れ、家族守れ、敵を倒せ!!』

わっふわっふと、マスクをしたままそんな言葉を叫ぶマーフ。

普通であればそんな言葉まず聞き取れないのだが、マーフと付き合いの長いクラウスは難なく聞き取って……犬人族達の悪いところが出てしまったと、強く歯噛みする。

追い詰められた際や緊急の事態などの際に、重要な判断、決断を本能……、彼等の言うところの血の意思に任せてしまう悪癖。

一度これが出てしまうと、どう言っても、何を言っても耳を貸しては貰えない。

こうなってしまった彼等をどうにか出来るのは、どういう訳だか犬人族を上手に従えるディアスくらいのものだ。

(本能がどう言ったとしても、彼等はもう限界だ。

これ以上戦わせたら怪我どころか死人が出てしまう……)

などとクラウスが考えているうちに、他のマスティ達もクラウスの横に並んでしまって……そんな彼等をどうにか言い聞かせられないかと、クラウスが大声を上げようとした――――その時。

何かを引きずるような大きな音と、力強く地面を叩いているような激しい音を含んだ凄まじいまでの地響きが前から後ろから左右から……クラウス達を覆い囲むようにして聞こえてくる。

その今までにない大きな地響きを耳にしたクラウス達は、一体何事だと激しく動揺する。

何かを引きずるような音は新たな大蜥蜴がこちらに向かっている音だとして、この地面を叩いているような音は一体何だ？

前方……北の山の方からではなく、後方の南の方から響いてきているような……？

イルク村があるはずの方角から、まさか新手のモンスターがやって来たのかと、最悪の想像をクラウス達がし始める中、地響きに交じって聞き慣れた声が響いてくる。

「――――い！

おーーーい！　一体何事だ、この蜥蜴の死体だらけの有様は!!」

その声を耳にしたクラウス達は思わず、敵を前にしているというのに後ろへと、声のする方へと振り向いてしまう。

「ああ、そんなことよりも、そんなことよりもだ！　産まれたぞー！　全員無事に生まれてくれたぞー!!

マーフ達の赤ん坊も全員元気だぞーー!!」

そこにいたのは毛皮の塊だった。

毛皮の塊が満面の笑みを浮かべて、手にした戦斧を振り回しながらこちらに駆けてくる。

少し前に高熱を出して寝込んでしまい、そうかと思えばあっという間に回復し、それ以来年齢に似合わぬ絶好調となったその男は、どういう訳だか毛皮でその身を包んだまるで山賊か、蛮族かと思う姿でこちらに駆けて来て……クラウス達と睨み合う形で死体ではないモンスターがいると気付くや否や、その顔を引き締め、戦斧を両手でしっかりと握って構え、地面を更に強く蹴って駆け飛ぶ。

その姿を追ってクラウス達が振り返るよりも早く、ズドンッとの音が周囲に響き渡り……クラウス達が振り返るとそこには、切り落とされた大蜥蜴の頭が転がっていた。

そして何処へ行ったのか男の姿はそこにはなく……遠くから、地響きが聞こえてきていた周囲一帯から、ズドンズドンッと先程のそれによく似た音が連続して響いてくる。

その少し後に哀れな大蜥蜴達の悲鳴が……先程までの絶叫とは全く違う毛色の悲鳴が響いて来て、それを耳にしたクラウス達は、気が抜けたのか乾いた笑いを上げながら、その場に座り込んでしまうのだった。

イルク村へと帰還しながら――――ディアス

結構な数で群れていた変な蜥蜴達を倒した私は、疲労困憊と言った様子のクラウス達と合流し……諸々の片付けは後回しで構わないだろうと、イルク村へと足を向けた。

マヤ婆さんの占いによると、諸々の出来事の峠は過ぎたとのことで……更に頼もしい援軍までが来てくれた現状、これ以上の警戒は必要ないだろう。

収穫と出産は無事に終わった、寒波とモンスターの襲来も無事に乗り越えた。

ならばもう、盛大な……今までで一番の宴を開くしかないだろうと思う訳だが、日が沈んで夜となってしまったし、皆の疲れも限界だろうし、今から宴というのは流石に無理がある。

今夜の食卓には徹夜で頑張ってくれたクラウス達を労う為の豪華な食事と、少しの酒が用意されているそうなので、今日の所はそれを楽しんでぐっすりと眠って……宴も片付けも明日が本番だ。

きっと盛大で楽しい宴になるぞと、篝火から作った松明《たいまつ》を手に意気揚々と歩いていると、隣を歩いていたはずのクラウスが足取りを少しずつ重くしていって、ついにはその足を止めてしまう。

「……どうかしたのか？」

足を止め、振り返りながら私がそう声をかけると、クラウスはどういう訳だか暗く重い声を返してくる。

「いやぁ、失敗しちゃったなと思いまして……」

「失敗？　何かあったのか？」

「敵の多さに追い詰められてしまって、皆を上手く統率出来なくなってしまって……あの時、ディアス様が来てくれなければどうなっていたことか……」

思い詰めた表情でそう言うクラウスを見て、私は「ふーむ」と唸りながら首を傾げる。

「その程度のことで失敗だ何だと言われてしまうと、私なんか戦場で何度失敗したのか分からなくなってしまうがなぁ。

つい夢中になって皆を置き去りにしてしまったとか、ふと気が付いたら周囲が敵だらけだったとか、道に迷った末に敵の城に入り込んでしまったとか、思い出せるだけでも切りがないが……それでも何だかんだとこうして生きているしな、結果が良ければそれで良いのではないか？」

私がそう言うと、クラウスはその表情を驚いているかのような、困惑しているかのようなものへと変えていく。

「途中がどうあれ、皆に怪我らしい怪我もなく、無事に終わったのだから私は文句なしの成功だと思うが……それでもクラウスが失敗したと思うのなら、次の機会に頑張れば良い話だろう。

今回の件を糧に成長し、次の機会に上手くやれば、今回の……本当にあるのかないのか分からないような小さな失敗も帳消しになるだろうさ。

それとあれだ、クラウスは今回の戦いで何を守ったのか、何を得たのか……それを見ていないからそう思ってしまっているのだろう。

村に戻ってあの光景を見たら失敗だとかどうとか、そんなことは言えなくなってしまうぞ」

続く私の言葉にクラウスは困惑の色を深くして……私は兎にも角にも村に行けば分かる話だと、そわそわとしているマーフ達と共に足早になりながらイルク村へと向かう。

そうして夜の暗闇の中に浮かぶ、篝火に照らされたイルク村が見えて来て……村のあちこちにメーア布にすっぽりとその身を包まれた赤ん坊を、満面の笑みで抱く人々の姿がある。

その中には迫りくる寒波と不穏な気配を感じ取り、心配だからと何人かの鬼人族と共に様子を見に来てくれたゾルグの姿もあり……メーアの赤ん坊を抱くゾルグ達は周囲の父母達と同等か、それをも上回る程の大きな笑みを浮かべていた。

「鬼人族にとってメーアの出産は、自分の子供が産まれるのと同じか、それ以上に嬉しいものなんだそうだ。

それが六つ子ともなれば、それはもう言葉にも出来ない程のものらしくてな、こっちに来てからずっとあの有様なんだ。

本当に嬉しそうで幸せそうで……そんなゾルグ達に負けないくらい村の皆も幸せそうだよな。

これがクラウス達が守り抜いた光景だ――――っと、マーフ！　待つんだ！　赤ん坊を抱く前にまず水浴びだ！　その姿はいくらなんでも赤ん坊に毒だ！」

無事に出産を終えた妻の姿と我が子の姿を見るなり駆け出そうとするマーフ達をそう言って制止した私は、赤ん坊達の姿を見てなのか、ぽかんとしているクラウスの背中をぽんと叩く。

そうして尚も複雑な表情をしているクラウスと、マーフ達を小川へと連れていった私は……厳しい寒さが残る中、身体についた返り血を洗い流すのだった。

マーハティ領、西部の街メラーンガル、領主屋敷の寝室――――エルダン

「まさか逃げられてしまうとは……。マイザーを見くびっていたというか、油断していたであるの……」

突然届けられたマイザー逃亡との情報を受けて、丸二日間をかけて奔走していたエルダンは、自室に用意された寝床で横たわりながら、そんなことを呟いていた。

もう何度目かも分からない、愚痴に近いその呟きに、エルダンの妻達は何も言わずに、ただ耳を傾ける。

これが相談であれば答えを返したことだろうし、何か提案を求められているのであれば懸命に頭をひねり出来る限りの案を絞り出したであろうが、これはあくまで愚痴……領主ではなく、個人としての泣き言の類だ。静かに受け止めるのが一番だろうと考えてのことだった。

妻達のそんな想いを知ってか知らでか、エルダンはぼつぼつと言葉を続ける。

「王都に向かった様子も、メーアバダル……ディアス殿の所に向かった様子もないのは幸いだったであるの。

そのどちらに行かれたとしても、ややこしいことになっていたに違いないであるの。

……しかし、領外に逃げることなくここに残ったということは、それだけここのことを……僕達のことを甘く見ている訳で、なんとも複雑な気持ちであるの」

そう言ってエルダンは寝返りを打って大きなため息を吐き出す。

「まぁ……こっちを甘く見ているというのならそれは、付け入ることの出来る大きな隙でもあるはず……。

鼠人族達だけでなく、諜報隊を総動員してやってやるであるの……いざとなれば僕自身が出張ってでも……」

そこから更に言葉を続けようとするエルダンだったが、言葉よりも先に小さなあくびが口の中で膨らんで……そのあくびが強い眠気を誘って、そうしてエルダンは深い眠りへと落ちていく。

とある商家の一室で――――マイザー

「――――と、言う訳で、お前達の希望通り帝国のあのアホ共は排除しておいたぞ。

脅しをかけて来た時点で許す気はなかったが……まさかこんなに上手くいくとはなぁ」

上等な造りの椅子にどかりと腰掛け、上等な作りのグラスを傾けながらそう言ったマイザーに対し……マイザーの前に立つ男、商家の主が言葉を返す。

「それはそれは……お手数をおかけしました。

ここは人間の国であり、私共の国である。……それを分かっていない連中はどうにも目障りで耐え難かったのですよ。

とはいえ、ただの商家である私共が手を下すのはどうにも憚《はばか》られますし……」

「ただの商家……ねぇ。

漂う匂い、荷箱の木材、そこらに置いてある目録のクセ字……随分と物騒な連中と取引をしているのにか？」

「これはこれは……まさかそんなことからお見抜きになられるとは。

……とても参考になりました、これからはその辺りにも気を配ると致しましょう」

「襲撃に関する情報を流してくれた奴らと言い、お前達と言い……エルダンは随分と敵が多いようだな」

マイザーがそう言うと、商家の主は満面の笑みを浮かべながら両手を振って、否定の意を示す。

「まさかまさか、とんでもない。

エルダン様に思う所なんて全く、僅かもございませんとも……エルダン様のおかげでこうして儲《もう》けさせて頂いておりますし、お甘いところも含めて私共はエルダン様を歓迎しております。

「……ただ、問題があるとするならば、エルダン様の周囲に群れる連中のことでして……」

「周囲に……？　ああ、獣人のことか。全く商人なら商売にだけ邁進《まいしん》していればいいものを。神殿もお前等も、そんなに奴らのことが気になるかねぇ……」

「これはこれは驚きましたな。マイザー様は奴らを奴隷として扱うことに賛成しているとばかり……」

「奴隷として売り払うことには賛成しているさ、金になるならな。

ただエルダンがやったように奴らを市民に仕上げることで『客』の数を増やして市場の規模を拡大するってのも悪くない策だと考えている。何しろ結果がこの好景気だからな……否もないさ。

……それにな、俺にとっては人も獣も、同じ商品に見えて仕方ねぇんだよ」

そう言い放って、グラスの中身を空にするマイザーのことを、商家の主は目を細めながら……静かに見つめ続けた。


翌日、マーハティ領、西部の街メラーンガル、領主屋敷の執務室にて――――エルダン

「軍を動かすべきだろう」

早朝。エルダンが練り上げた諜報隊を使ってのマイザーの捜索及び襲撃作戦の概要を聞かされて、執務室の床にごろりと寝転がっていたジュウハが返したのはそんな言葉だった。

「俺が前々から目をつけていた、裏稼業に精を出しすぎているいくつかの商家……あの連中がマイザーに付くかもしれないとなると、資金力の大きさからしてかなり厄介だ。

　ここは大々的に軍を動かし、マイザーだけでなく疑わしい連中も一斉に、速やかに制圧すべきだ」

　淡々とした態度でジュウハがそう続けると、執務机を挟んで襲撃作戦についてを話し合っていたエルダンとカマロッツはまさか軍という単語が出てくるとはと驚き、啞然としてしまう。

「……いきなり軍を動かすというのは、どうかと思うであるの。

　今回の件がそれ程のことだとは思わないし、仮に軍を動かす必要がある事態なのだとしても、そうする前に十分な調べを進めるべきであるの」

　窘《たしな》めるかのような態度でエルダンがそう返すと、ジュウハは体を起こし、胡座に足を組んでから、その両肩を露骨な態度で竦ませて……呆れ交じりの声を上げる。

「おいおい、領主様であり公爵様でもあるお方が何を言っているんだ。

　調べなんて必要ない、大義なんて必要ない、ただ貴方が軍を動かすとそう言えばそれで良いんだよ。

　調べだとか証拠だとかは制圧した後に進めたら良い話だ。

「……お父上がそうしたように、反乱の芽には拙《つたな》くても良いから手早く対処すべきだ」

反乱、エルダンの父。その二つの単語が出てきたことに顔を顰《しか》めるエルダンとカマロッツに、ジュウハは更なる言葉を、あくまで淡々とした態度で投げつける。

「正直、連中が何をしようとしているのか、その細かい所までは俺にも分からん。だが襲撃を予知しても尚この領に留まっている時点で、マイザーの狙いがこの領であることは間違いないだろう。

この領は反乱が起きたばかりの、いくつかの不和を抱える不安定な領でもあることだしな……たとえそれがどんな内容であれ事を起こさせる訳にはいかないのさ。

ここは一つ、戦争嫌いの俺がそう言う程の事態なんだと、重く受け止めて欲しいところだねぇ」

そう言ってジュウハは自らの顎をぐりぐりと撫で回しながら、力強い真っ直ぐな視線をエルダンに送る。

その言葉と視線を受け止めたエルダンは瞑目し、精一杯に頭を働かせて……どうすべきなのか、その答えを求め、悩む。

そうしてかなりの時間を使ったエルダンは軍の一部を動員するとしながらも、諜報隊を中心としての秘密裏に対処する道を選び取り、そのことをジュウハへと告げる。

するとジュウハは何も言わずに俯きながら立ち上がり、そのまま執務室を後にしてしまう。

すぐさまにジュウハを追いかけ、引き止めるという道もあったのだろうがエルダンは、それよりもとカマロッツと言葉を交わし、諜報隊をどう動かすべきかとの話し合いをする道を選び取る。

そんなエルダンにカマロッツは何も言わず、ただただエルダンの言葉に応え続けていって……そんな二人下に突然の一報が入ったのは昼になる少し前のことだった。

「マイザーの足取りが摑めました！　このメラーンガルに潜伏しているとのことです！」

王国でも最大と言える程広大なマーハティ領の中にあって、まさか自分のお膝元に潜伏しているとは……と、小さくない衝撃を受けながらエルダンは『すぐさま行動を』との指示を出す。

鳩人族のゲラントを中心とした飛翔諜報隊と、獅子人族率いる地上諜報隊と、そこに交じる大耳跳び鼠人族達と、軍の一部であるカマロッツ率いる獣人を中心とした親衛隊と。

エルダンの指示を逃すことなく聞き取り、その意の通りに動いてくれる少数精鋭……事を荒立てずに済む限界ギリギリの数の部隊を編成すべくカマロッツが執務室から駆け出ていく。

そうして執務室に一人残ったエルダンは、執務室奥の、衣箱の中から目立たぬ服を選び取って身にまとい、愛用の宝剣を帯剣した上で、直接指揮を取るべく堂々とした足取りで執務室を後にし、屋敷の玄関へと向かって足を進めていく。

玄関へと到着し……様々な思いを抱きながら一歩進み出ようとした————その時、エルダンの下にエルダンの妻の一人……ジュウハが執務室を飛び出し、屋敷からも出ていってしまったと聞いて、今の今までずっと思い詰めた表情で玄関側に待機していたパティが駆け寄ってきて、何も言わずにエルダンの服の袖をそっと手に取る。

それは政治のことには口は出さないと心に決めているパティに出来る精一杯の行為だった。

エルダンは最愛の妻である彼女がそうしてきたことに少なくない動揺を抱き……そのまましばしの間逡巡《しゅんじゅん》する。

体調の悪い間、ずっと自分の面倒を見てきてくれた愛妻達。その一人が、恐らくはかなりの覚悟をもってそうして来ているのだ、安易にその手を振り払うことなど出来ようはずがない。

エルダンのことを心配し、エルダンのことを深く想い、その愛でもって行動している彼女の手を、そっと手にとり強く握ったエルダンは、彼女の方へと向き直り、その目をじっと見つめる。

そうするうちにエルダンの心の中にある人物の顔が……憧れるだけだったあの人の顔が浮かんで来て、エルダンはこくりと頷き、意を決する。

「パティ、そう心配しなくても大丈夫であるの、僕はもう大丈夫であるの。

まだ完治には遠いとはいえ、常人と同じくらいには動けるようになったであるし、日々の鍛錬の中でめきめきと腕を上げているであるし……更に今回は多くの仲間達が側にいてくれているであるの。

その上戦いの場となるのは僕の膝元、まずをもって負けるはずがないであるの。

だからどうか……どうか安心して、僕の帰りを待っていて欲しいであるの」

彼女の強い想いに応える為に、真っ直ぐな目と一段と強い想いでそう応えたエルダンは……絶対に妻達を悲しませてたまるかとの覚悟を強く抱きながら屋敷を後にするのだった。

夕日が赤く染め上げるメラーンガルで――――エルダン

現場はエルダンのお膝元、戦力は状況からして十二分。

まずをもって失敗するはずがない作戦だったのだが、エルダン達を待っていたのは全く予想もしていなかった出来事の数々だった。

それらしく偽装された、いくつもの隠れ家。

金を握らされただけの、何の情報も持っていない替え玉達。

明らかな虚報なのだと分かっていながらも確認しない訳にはいかない無数の情報。

一体何が目的なのかメラーンガルの街中を右往左往させられ、これでもかと振り回されて、そうした出来事への対処でじわりじわりと人員が削り取られていく。

もしかしたらマイザーにはそれらしい企みや計画などといったものは存在せず、ただただ自分を翻弄し、からかい、嘲笑うことが目的なのではないかと、エルダンはそんな邪推をするまでに至ってしまう。

……そうしてただ時間だけが過ぎていって、日が沈み始めた夕刻頃。

手にした情報を元に、メラーンガルの外れにある廃墟群……前領主であるエルダンの父が配下としていた、良からぬ連中の元拠点へとエルダン達が入り込んだ……次の瞬間。

廃墟のあちらこちらから薄汚れた格好の、武装した何人もの人間族が姿を見せて、出撃した頃の半分以下の人数となったエルダン達のことを、二倍か三倍以上の数でもって取り囲む。

廃墟そのものや、その残骸や、いつのまに設置したのか簡単な造りの防柵の陰に身を潜めながらその目をギラつかせてくる人間族達に対し……エルダンとカマロッツ、親衛隊達はどうすることも出来ずただただ、エルダンをかばう形での防陣を築くことに注力する。

そんな状況の中で、エルダンの肩の上や足元で構える鼠人族達が、どうにか包囲を抜けることが出来ないかと、救援を呼びに行くことが出来ないかと様子を窺うが、そんなこと予測済みだと言わんばかりに人間族達が、投網や鼠用のとりもちを露骨な態度で見せつけてくる。

そうしてエルダン達が息を呑み、言葉を失ったのを見てか、事の首謀者である王国第二王子マイザーが、廃墟の屋上……弓の名手でもそう簡単には射抜けないだろう場所に姿を見せる。

「やっぱ似ているなぁ、俺達は！

金が大好きで、父親のやっていることがだいっ嫌いで、反逆を起こすくらいにだいっ嫌いで!!

俺は失敗して、お前は成功したって点では違っているが、それでも兄弟かと思う程にそっくりだよ！

……ああ、親父をあっさりと殺しちまった辺りも違っているかな？

ま、それでもお前は兄貴達よりも俺に似ているよ！　特に考え方がなぁ！　読みやすいったらねぇよ！

ちょっとからかってやったらホイホイと顔を出しやがって……!!」

身を包むマントと波打つ銀の髪を揺らし、一見して病気かと思う程に白い顔を歪ませて、そう叫んだマイザーが、高笑いを上げる。

ただエルダンだけに視線をやって、徹底的に見下して……そうしながら存分なまでに笑ったマイザーは、エルダンが何かを言い返すよりも早く、濃い深緑の植物の束をエルダン達の下へ放り投げる。

それは建国の時代から禁忌とされている、精神を蝕《むしば》む類の薬の材料で……それを見たエルダンはマイザーの狙いが何であるかを察し、その表情を苦く歪ませる。

精神を蝕み、心を狂わせ、何もかもを失う程に依存させ、人を人ではない傀儡と化すことすら可能だというそれでもって、エルダンを思うままに操るつもりなのだろう。

その先に何を企んでいるのかまでは不明だが、何《いず》れにせよろくでもない内容であることは確かだろう。

「いいぞぉ、その薬は！

頭がよく回るようになるし、睡眠時間も少なくて済む！　体から腐臭がしてくるのがちょっとした欠点だが……なぁに、それもすぐに慣れる！

俺も薄めたものを愛用させてもらっているがな……お前には特別に濃いのを淹れてやるよ!!」

そんなマイザーの絶叫が合図だったのだろう、周囲の人間族達が動き始めて……その様子を見るなり、そんなことなどさせてたまるかとの想いを込めた、カマロッツの渾身の絶叫が周囲に響き渡る。

「オォォォォォォォォォォォ!!」

そうすることで少しでも敵を怯ませ、隙を作ろうとしたのだろう。その絶叫はカマロッツの喉が潰れるまで振り絞られて……その絶叫の中で単身突撃したカマロッツの細剣が、目にも止まらぬ速さで振るわれていく。

王国式のその細剣術は、鎧を身にまとう相手と戦うことを念頭におかれたものだ。

鎧の僅かな隙間に細剣を突き刺し、振り抜いて、相手の動きを鈍らせてから喉元を突いてとどめを刺す。

一対一で、相手と面と向かって戦うことを目的としている為か、こうした大人数を相手とした乱戦では効果的とは言い難いものだった。

それでもカマロッツはそうした細剣術の欠点を、己の中に蓄積された経験とその気迫でもって補い、老人のそれとは思えない程の奮戦をしてみせる。

神速の細剣でもって一人を斬り倒し、二人を斬り倒し……三、四、五とその数を増やしていくが……やはり多勢に無勢、その年齢もあってかカマロッツの息が切れてしまい、喉から出血しているのか、その口から血混じりの唾が吐き出される。

そんな状態になってもカマロッツは、尚もエルダンを逃がそうと、逃げ道を作ろうと必死の形相で細剣を振るおうとする。

そんなカマロッツの気迫にあてられてしまい、動きを止めてしまっていた親衛隊と鼠人族達が、自分達もカマロッツに続くぞと、自らを奮い立たせて駆け出そうとした――その時だった。

一つの黒い影が、先程周囲に響き渡ったのとはまた別種の高笑いと共に、戦場の中へと入り込んでくる。

素早く、滑らかで、その艶やかな黒髪の動きもあって、その姿はまるで大河の中を流れ行く漆黒色のインクのようであった。

人と人の間をすり抜け、繰り出される全ての攻撃を躱《かわ》し、まるでダンスを踊っているかのような所作で上下左右に剣を振るい、目につく敵の全てを斬り捨てていく。

その姿は何処までも滑らかで軽やかで柔軟で……その顔に浮かんだ濃ゆい笑みさえなければ、目にした誰もが美しいと称賛したに違いない。

「かのディアスさえも翻弄した戦場帰りの剣技！　とくとご覧あれ!!」

奇妙にして華麗なる闖入者《ちんにゅうしゃ》、ジュウハのそんな声が響き渡る中、何処からともなく農具やら大工道具やらを手にした獣人達が姿を見せる。

『エルダン様をお守りしろー!!』

姿を見せるなり一斉に声を上げた獣人達が人間族達に襲いかかり……その圧倒的な数もあって形勢が一気に逆転する。

そうして獣人達が人間達を蹴り飛ばし、殴り飛ばし、押さえつけて行く中……美しい所作で剣を振るい続けているのに、その顔だけはどういう訳だかエルダンの方へと向けたままのジュウハが大声を上げる。

「ジュウハ様の賢い領主様になろう講座その一！　数は力なり！

目立たない少数で奇襲なんてのは人の上に立つ者のすることではないし、こういった事態を招く下策でしかない！

続いてその二！　王国一賢い俺様の忠言は、不快な内容であっても素直に聞くのが上策だ！

そしてその三！　今回俺が動かした連中は軍ではなく、酒場で知り合った善意の友人である為、貴方から与えられた権限を逸脱していなぁぁぁい!!」

その姿のあまりの奇妙さに、エルダンだけでなくマイザーまでもが言葉を失い、呆然としてしまって……そうこうするうちに廃墟群を取り囲む形で更なる声が、人々が駆けつけてくる凄まじいまでの靴音が響き渡る。

そこでようやく状況が拙い方向へ転んでしまったと理解したマイザーが踵《きびす》を返し、この場から逃げだそうと駆け始める。

その後ろ姿を目にしたエルダン達が、逃してたまるものかと追撃をしようとする……が、その前

に周囲の敵の全てを斬り倒したジュウハが、艶めかしい仕草でもって立ちはだかる。

「はいはい、その四！　ああいった自分を賢いと思っている輩は、十中八九罠《わな》を仕掛けているものなので迂闊《うかつ》な追撃はしない！

本日最後のその五！　何事も適材適所！　面倒事は頼れる友人に任せたら良い！」

汗に濡れた黒髪を振り乱しながらそう言ってくるジュウハの笑顔をじっと見つめたエルダンは……その言葉の一部を理解出来ないままだったものの、それを踏まえた上でしっかりと頷いて、

「……分かったであるの」

との一言を返すのだった。


廃墟群から少し進んだ、ひと気のない路地裏で――――ナリウス

「あー……ここで待っていれば美味い酒と美味い飯と、最高の美女を寄越すなんて馬鹿話、信じるんじゃなかったッス……」

激怒半分狂乱半分といった様子で駆けて来たマイザーとの突然の邂逅《かいこう》に驚き、思わず殴りつけてしまい昏倒させてしまった男……第一王子リチャードの配下ナリウスが、そんな言葉と共に深いた

め息を吐き出す。

何日か前に酒場で知り合い、酒盃を交わし合うことで仲良くなった濃ゆくて胡散臭い男、ジュウハの言葉を信じてしまったが為に、こんな面倒事を押し付けられることになってしまい……ナリウスの心中には深い嘆きと絶望が広がりつつあった。

「リチャード様のご命令をあえて失敗した上でこの結果って、どうしたもんッスかねぇ～……」

そんなことを呟きながらナリウスは、粛々と手を動かしマイザーのことを縛り上げ、猿ぐつわを嚙ませた上で麻袋を被せて……そうして一つの荷物に仕上げる。

その荷物をじっと見下ろし……いっそこの場で殺してしまおうかと、そんな考えをナリウスが抱き始めていると、路地の向こうから地味な旅装ながら、その魅力を隠しきれない見目麗しい女性がこちらに向かって歩いてくる。

「……は？」

この場にいるはずがない、不釣り合いなその女性を目にして、そんな声を上げたナリウスが啞然としていると、女性がにこやかな笑みを浮かべながら声をかけてくる。

「貴方がナリウスさん？

ご依頼の馬車は路地の向こうに、最高級のお食事とお酒は馬車の中に……そして王都までの案内人、ここに参上しました」

女性のその一言で大体の事情を悟ったナリウスは、大きな……今日一番の大きなため息を吐き出しながら、荷物となったマイザーを担ぎ上げて、女性と共に馬車の方へと足を進めるのだった。

騒動から数日後、領主屋敷の執務室にて――エルダン

「つまるところ貴方は、自らの身に突然起きた大きな変化に焦ってしまっていたって訳だ」

諸々の事後処理が終わり、執務室で一息ついていた所に、突然現れたジュウハにそう言われて、エルダンは目を丸くして首を傾げる。

「焦っていた……とはどういうことであるの？」

「病でいつ果てるとも分からない身体では、ただ憧れるだけだったディアスという存在。……だが健康な身体を手に入れたことで、その憧れに追いつけるのではないか……と心の何処かで思い始めてしまった。

だがディアスって奴ぁ、じっとしていないどころか、常に全力で走り続けているような、馬鹿という言葉を体現した馬鹿らしい存在だ。

続けてのドラゴン討伐、牛歩ながらも順調な領地経営、神話にあるような伝説との邂逅……自分では到底成し得ない偉業の数々を目の当たりにして、ここのトップ、領主という身でありながら、それ以上の手柄を得ようと名声を得ようと、心の何処かで焦っていたのさ」

執務室の入り口に寄りかかりながら、その艶やかな髪をふわりと撫で上げ、渾身の決めた表情でもってそう言ってくるジュウハの言葉に……エルダンは何も言い返すことが出来ない。

「件の薬を飲む前の貴方だったら、まず今回のような顛末《てんまつ》には至らなかっただろうな。部下に全てを任せるか、慎重過ぎる程慎重に事を進めるか、それか俺の言葉に従って最大の戦力でもって挑んだはずだ。

……焦りは禁物、良い勉強になっただろう？」

「……では、今後は焦りを抱くなと？」

「いやいや、それでは駄目だ。

焦りも嫉妬も、狂ってしまうような向上心も、人の感情としては極々当たり前の、なくてはならないものだからな。

……そこを失ってしまっては、他の者達が抱く想いに気付けなくなってしまう。

そういうことじゃぁなくてだな、焦りを抱き激しい嫉妬に駆られた上で、その感情全てを呑み込んで、我が物として支配し……最高の決断を下せるようになれってことさ。

人の持つ感情ってのは度し難いもんだ。清濁入り混じり、その極限に至ればとんでもないことをしでかすこともある。

……王ってのは、そういった感情全てを呑み込んでこそってことなのさ」

領主ではなく、王という言葉を使ったジュウハに対し、エルダンの傍らで控えていたカマロッツは片眉をぴくりと動かし……エルダンは何も言い返さずに静かに窓の外へと視線をやる。

エルダンのその表情をじっくり見つめたジュウハは、何も言わないまま再度、自分にとっての最高の表情を決めてから……その髪を揺らしながら執務室を後にするのだった。


数十日後。王都の外れのとある一軒家で――ナリウス

「……誰が捕獲した上で、王都に連れてこいなどと命令した？」

事の流れで仕方なく第二王子であるマイザーの身を捕獲する羽目となり、そのまま王都まで連行する羽目となったナリウスは、雇い主であるリチャードの不機嫌そうなその一言に、背筋どころか全身を一気に冷やすような恐怖を抱く。

「い、いや、ご命令に反していることは勿論承知してるんッスけどね!?

……流れで仕方なくこうなってしまったと言ったら良いんスかねぇ。

カスデクス公……じゃなかった、マーハティ公の手の者に全てを見透かされた上に手配までされてしまったら連れてくる以外に道はなかったんスよぉ……。

処分する可能性も考えて、人目につかないこの家にお呼びした配慮を考慮して欲しいッス……」

そのナリウスの言葉と、ナリウスが手にしていた報告書に目を通したリチャードは、その仔細を読み取るなり大きなため息を吐き出す。

「……まぁ、お前でこの結果だったのであれば、誰に依頼してもこれ以下の結果しか出なかったのだろう。

見ようによってはマイザー捕獲という手柄と、マイザーの身柄という手駒を手に入れたと言えなくもない。

報せを寄越した手順と、周囲を隙なく見張らせている手の者の存在と、その馬鹿を抱えながら誰にも気付かれることなく王都に至ったその手腕を評価して、今回の件に関してはこれ以上のことは言わん。

……よくやった」

そう言って金貨の入った袋を投げ寄越すリチャードに対しナリウスは、全てを見透かされていることに驚くやら呆れるやら、一切の言葉を返せなくなってしまうのだった。

出産の翌日、早朝のイルク村で――ディアス

出産を無事に終えられたことを簡単に祝う目的と、頑張ってくれたクラウス達を労う目的の、前祝いとも言える豪華な夕食を、ゾルグ達も招いての皆で楽しんだ翌日。

素材の一部が欲しいという理由と、一宿一飯のお礼との理由で、蜥蜴の片付けを買って出てくれたゾルグ達に、一切の遠慮をすることなく全ての片付けを任せた私達は、村を挙げての宴の準備に精を出していた。

秋の収穫祭と、赤ん坊達の生誕祭と、困難を無事に乗り越えたことを同時に祝う特別に豪勢な宴だけあって、その準備は今までにない程に忙しいが……誰も彼もが笑顔で、なんとも楽しそうに動き回っている。

その中には昨夜の晩餐中であっても複雑な表情を続けていたクラウスの姿があり……一晩立って元気を取り戻したらしいその溌剌《はつらつ》とした笑顔を見るに、心配をする必要はもうなさそうだ。

いつも以上に元気に働くクラウスの心と疲れを癒やしたのは、昨日の晩餐というよりも少しの酒というよりも、笑顔で寄り添うカニスの存在であったようで、カニスもまた溌剌とした良い笑顔を

している。

そんな風に村の皆が忙しなく動き回り……賑やかさを増していくイルク村の中でも、竈場の周囲は特別な賑やかさに包まれていた。

竈場で食事の準備をしているアルナーやセナイ達やマヤ婆さん達や、昨日の今日だというのにもう働き始めた母親達の元気な笑い声が周囲に響き渡っていて……更にそこに赤ん坊達の泣き声までが交ざり込んでいるからだ。

竈場の中では食事の準備の他にも、赤ん坊達を一箇所に集めての女性陣総出での世話が行われていて……メーアの赤ん坊達の「ミァー！　ミァー！」との泣き声と、犬人族の赤ん坊達の「ニー！ニー！」との泣き声が定期的に、何かがある度に響き渡っている。

そして赤ん坊の泣き声が上がる度にアルナー達が笑い、母親達が笑い、それを聞きつけた私達の表情がどうしようもない程に綻んでしまう。

赤ん坊の元気な泣き声というのは、どうしてここまで私達を幸せな気分にさせてくれるのだろうか……特に用事もないのについつい竈場の側へと足を運んでしまうのも、全くもって仕方のないことだった。

宴の準備で慌ただしいイルク村の中で――セナイとアイハン

赤ん坊達の誕生を祝う宴の準備をすべく、村人達が忙しなく行き交う中を、セナイとアイハンが手を繋ぎながらタタタッと駆け抜けていく。

二人が目指すのはさらさらと流れる小川の中でも特に流れの激しい、昨日のうちに革袋を沈めておいた一帯だ。

懸命に駆けて目的地にたどり着いたなら、川辺りに置いておいた石を持ち上げ……そこに巻きつけておいた革紐を、その先にある革袋を引っ張りあげる。

その革袋の中には以前収穫したローワンの木の実がたっぷりと入っていて……昨夜の寒気に冷やされてすっかりと毒気を失ったローワンの実を確認したセナイとアイハンは、してやったりといった、にんまりとした笑みを浮かべる。

「これでまた色々なお薬が作れるね！」

「つくれるねー！」

「サンジーバニーの上澄みで作った安産のお薬は成功だったし……もっともっと作らないと！」

「おとうさんと、おかあさんのわかぎは、はるまでおねむだから、あんまりがんばれないけれど、がんばる!!」

そう言って頷きあった二人は冷水の滴る革袋を手に、竈場の隅に作られた二人専用の……アルナーがままごとの為にと用意したはずだった小さな竈の下へと、元気に駆けていくのだった。

宴の準備で慌ただしいイルク村の中で――――エリー

イルク村中が宴の準備で騒がしくなる中、エリーは一人、自らのユルトの中へと籠もっていた。

宴の準備を手伝いたい気持ちは重々あるのだが、それよりも何よりも彼女にとって重要で、疎かに出来ない一大事が存在していたのだ。

そんな彼女のユルトの中に広げてあるのは、服のデザインが描かれた何枚もの紙で……そこに描かれていたのは、鬼人族の服の在り方と、王国の服の在り方と、彼女自身のセンスを混ぜ込んだ結果産まれた、全く新しい形の冬服であった。

ディアスの服は、派手さはないが、力強さと威厳をたたえたものとなっていた。

動きやすさを何よりも重視して、狩りなどの際に汚れやすい部分は着脱しやすく、洗いやすくして……見た目よりも実用性を優先したものとなっている。

アルナーの服は、可愛い服を着させてあげたいというエリーの想いと、動きやすくして欲しいとのアルナーの希望を上手く両立させたものとなっていた。

王国のスカートドレスを意識したデザインにすることで可愛さを、腕と足は薄手ながら寒気を寄せ付けないメーア布を多用することで動きやすさを。

その模様と、色合いにも出来る限りこだわって、アルナーらしいしなやかな強さと美しさを表現している。

セナイとアイハンの服は、暖かさと可愛さを優先したものとなっていた。

頭をすっぽりと覆う帽子の上にメーアの尻尾を思わせるポンポンを乗せて、手袋の手の甲の部分や、ブーツの足の甲の部分にも同様のものを乗せて。

形は全く同じにして、色合いと柄を少しだけ変えて……セナイとアイハンによく似合う、とても可愛らしいデザインとなっている。

「……このデザイン画だけでもどうにか、どうにかして完成させないと……！

どうせ発表するなら宴の真っ最中、一番に盛り上がった時しかないじゃないの!!」

そんな独り言をぶつぶつと呟いたエリーは、その目を爛々と輝かせながら、手にしたペンを一心不乱といった様子で走らせ続けるのだった。

宴が始まって――――ディアス

そうやって様々なことをしながらも宴の準備は順調に進み……準備が完了となった昼過ぎに宴が開始となった。

広場の中心に今回の主役である赤ん坊達を集めて、今まで眠り込んでいたフランソワと、側に寄り添うフランシスと、犬人族の父母達が広場の中心に集まっている。

その前には収穫したての芋を中心とした料理や、冬備えの為のはずだった材料をふんだんに使ってしまっての豪勢な料理が並んでいて……この宴が終わったらまた頑張る必要がありそうだと思わせてくれる。

そして私達はそんな主役達を囲む形で円陣となって……宴が始まるなり順番に、祝いの言葉なり、歌なり、踊りなりを披露していく。

本来であれば様々な仕事を頑張ってくれた皆や、奮闘してくれたクラウス達も宴の主役なのだが……赤ん坊には敵わないと、誰もが盛り上げる側に回ってくれている。

そうやって宴が盛り上がっていく度に、さらなる料理と芸やら踊りやらが披露されていって……盛り上がりが一段落したなら今度は赤ん坊達の名前の発表だ。

犬人族達から数え切れない程の、まずをもって覚えきれない程の数の名前が挙がっていって……

そうして最後にメーアの赤ん坊達の名前の発表となる。

今回も私が名付けることになった……のだが、アルナーから私の名付けはいちいち長ったらしいとの声が上がり、アルナーと相談しながらの名付けとなった。

フランシスとフランソワの名前を取りつつ、アルナーの意見も取り入れて、短く分かりやすい名前……。

まず男の子が四人。

フラン

フランカ

フランク

フランツ

そして女の子が二人。

フラメア

フラニア

布に包まれたその身をむにむにと捩りながら「ミァー！　ミァー！」と、元気に声を上げる赤ん坊達を、一人一人抱え上げての名前の発表が終わると……宴は今までにない程の盛り上がりを見せるのだった。

一方その頃、草原の北部で――――ゾルグ

寒波と共にやってきたという大蜥蜴達。

その事後処理をしてやると軽々しく、あるいは考えなしに引き受けてしまったゾルグだったが、実際にその現場を目にした際には、なんだってまた安請け合いしてしまったのだと激しく後悔することになる。

10や20どころではない、これだけの数の死体の処理となると一日や二日で終わるとはとても思えず、かといってこれだけの瘴気を放つ肉塊を放置しておく訳にもいかず……数日間の寝ずの作業が確定してしまったからだ。

……だが、その後悔は作業を進めるにつれて薄まっていくことになる。

その理由は、ゾルグが率いることになった警備班の面々の態度の変化にあった。

族長モールの一声で急遽結成されることになった、ゾルグを長とした警備班。

その一員として働くように言いつかった者達は今日までの間、嫌々渋々といった態度でゾルグに従っていた……のだが、それがここに来て素直に命令に従うようになって来たのである。

驚異とも言える程の数の大蜥蜴を撃退してみせたイルク村。

そのイルク村の戦力は……見方によっては親しい縁者であるゾルグの力であるとも言える。

その縁を見事な手腕で築き上げたモールへの忠誠心の向上と、その縁を担うゾルグという存在への評価の改善。

これらが数え切れない程の大蜥蜴の死体を目にすることになった彼等の心の中で起こり、そうして言葉や態度として表に出てきたのである。

自らの実績でもってそうした訳ではないので、決して誇れるようなことではなかったが……その為に必要な、大きな一歩を無事に踏めたという意味では、それは価値のある大きな変化だった。

その変化を感じ取ったゾルグは……イルク村とアルナーに深い感謝を抱きながら、懸命に手を動かし、大蜥蜴達の死体を粛々と処理していくのだった。

5巻に続く

書き下ろし

絆の結実

晩秋のある日に、ユルトの中で――ディアス

フラン
フランカ
フランク
フランツ
フラメア
フラニア

フランシスとフランソワの愛の結晶、その絆から生まれた新たな生命達。

彼ら彼女らは今日も今日とて元気な泣き声を上げていた。

「ディアス！　フラニアが泣き止まない！」

「ふらめあが、なんか、なんかしてほしいって、ないてる！」

そんな赤ん坊達をしっかりと抱きかかえながら懸命に泣き止ませようとするセナイとアイハン。

眠らせようとゆったりと揺らしてみたり、笑わせようとおかしな表情を作ってみたり、楽しませようと木彫りのおもちゃを目の前で振るってみたりするも、赤ん坊達は構うことなく元気に泣き続ける。

「ああ、もう少しだけ待ってくれ、今フランとフランカの世話が終わるから」

と、そう言いながらフランとフランカの粗相の後始末をしていた私は、フランとフランカを真っ白なメーア布で包んでから、木箱で作った揺り籠の中にそっと寝かせる。

そうしてからセナイとアイハンからフラニアとフラメアを受け取り……そのお腹を指先で軽く撫でることで、フラニア達の反応を探る。

「ミァー！　ミァー！」

「ミァミァミァー!!」

身を捩らせながら力いっぱいに、全力で泣くフラニア達の様子をじっと見つめた私は、おそらくはお腹が空いているのだろうと判断し、寝床で横になるフランソワの下へと向かいフラニア達を預ける。

「休む間もなくて大変だろうが、頼むよ」

と、そう声をかけるとフランソワは、柔らかな微笑みを浮かべながらフラニア達が母乳を飲みやすいようにと体勢を整える。

するとフラニア達はぱったりと泣き止んで夢中といった様子で母乳を飲み始めて……その様子を

見て安心したらしいセナイとアイハンが、その場にすとんと腰を下ろす。
「セナイ、アイハン、手伝ってくれてありがとうな。
ただ無理はしなくて良いからな、疲れたなら何処かで休むなり、気晴らしに外で遊ぶなりしてきても良いんだぞ」

私がそう声をかけると、セナイとアイハンは少しだけ悩むようなそぶりを見せてから……ぶんぶんと顔を左右に振って、ここに残って手伝いたいとの意思を示してくる。

そうやって一生懸命に手伝ってくれる二人に、全くありがたいばかりだと微笑んだ私は、たった今揺り籠の中で粗相をしたらしいフランクとフランツへと手を伸ばし、汚れた布を剝ぎ取り、濡れ布でその身体を綺麗にしてやって……と、次なる後始末へと着手する。

アルナーが驚く程の子沢山となったフランシスとフランソワ。

その事自体はとても喜ばしいことなのだが……それが六つ子ともなると、ただ喜んでいるばかりではいられなかった。

メーアの出産は双子が基本で、三つ子でも稀有な例であるらしく……まさかの六つ子という多すぎる数の為に、フランソワのお腹の中の赤ん坊達が、滋養を取り合うという結果になってしまったようなのだ。

そのせいで赤ん坊達は普通では考えられない程の小さい身体で生まれることになってしまい……本来であればもう歩いてもおかしくない程の日数が経っているのに未だに歩くことが出来ず、出産時には生えているのが当たり前の、メーアの象徴たるその毛も……ただの一本さえも生えてきていないのだ。

『元気な泣き声を上げているし、母乳も毎日欠かさず十分過ぎる程に飲んでいる。この様子であれば心配をする必要はないだろう』

と、アルナーはそう言ってくれたのだが、それでも私は心配で心配で仕方なく、暇な時間を見つけてはこうして赤ん坊達の側で、赤ん坊達の世話に精を出していたのだった。

「……ディアス、赤ん坊のお世話って、すっごく大変なんだね」

「……こんなにいそがしいとは、おもわなかった」

私が粗相の後始末を進めている間に側へとやってきて、粗相で汚れてしまったメーア布を洗い物籠の中にしまってくれていたセナイとアイハンが、そんな声をかけてくる。

世話の疲れと言うよりも、育児という行為に対する漠然とした不安で暗い表情をしているらしい二人をじっと見つめた私は……変なごまかしをせずに、真剣に応えるべきだろうなと考えて、言葉を選びながらゆっくりと語りかける。

「まぁ……そうだな。確かに簡単なことではないな。

私は孤児達やエリー達の世話で慣れているからなんとかなっているが……時には眠る暇すらない程に忙しく、あまりの忙しさに戸惑い、困惑し、投げ出したくなってしまうこともあるそうだからな……。

犬人族達の出産が同時期になったのは、偶然とかではなく、そういった苦労を皆で協力しあいながら皆で乗り越える為にと狙ってやったことらしい。

そうやって皆で助け合うのが昔からの伝統らしくてな、そういう伝統が出来上がる程に、赤ん坊の世話というのは大変なことだという訳だな」

そこで一旦言葉を区切った私は、粗相の後始末を済ませたフランクとフランツを揺り籠の中にそっと寝かせてから、濡れ布巾で両手の汚れを綺麗に拭き取っていく。

そうしてから周囲の片付けを簡単に済ませて、セナイとアイハンの方へと向き直り……言葉を続ける。

「だけどな、赤ん坊の世話というのは、ただ大変な思いをするだけではないんだよ。

赤ん坊の成長を側で見守れるというのは本当に幸せなことでな……この子達が元気に育っていって楽しいことや嬉しいことといった様々なことを経験してくれると思うと、私は嬉しくて仕方なくなるし、これ以上の幸せはないのではと思うくらいに幸せな気分になることが出来るんだ。

……きっとセナイとアイハンの両親も、二人の世話をしながらその幸せを感じていたに違いない」

私が両親のことを話に出した途端、俯きがちだったセナイとアイハンは顔を上げて……驚いたような、何かに気付いたような、そんな表情を見せてくる。

私はそんな二人の頭を撫でてやりながら、更に言葉を続けていく。

「誰もがそうやって両親から生まれて、色々な世話をされながら大きくなっていって……いつしか大人となって世話をする側になっていくんだ。

セナイ達はまだまだ大きくなっている途中だから、大変な思いをするばかりなのかもしれないが、いずれは分かる時が来るはずだ。

だからその時までは、手伝いに疲れたら元気に遊んで、遊び疲れたら腹いっぱいまで食べて、暖かい寝床でたっぷりと眠って……そうやって少しずつ大きくなっていけば良いんだよ」

そう言ってセナイ達の頭を撫でてやると、セナイ達は小難しいだけだったろう私の話から何かを汲み取ったようで、その表情をいくらか明るいものとしながら、もぐもぐと口を動かす。

話の一部をなんとなしに心で理解したものの、頭で理解した訳ではなく、上手く言語化出来ないという感じなのか、もぐもぐと口を動かしながらもどかしそうにするセナイとアイハン。

それからしばしの間もぐもぐと口を動かしていた二人は、どうにか考えをまとめることが出来たらしく同時にゆっくりと口を開く。

「……皆も赤ちゃんの頃はお世話されてた？　ディアスもアルナーも？」

「ディアスも、ないてばっかりだった？」

二人に向かってこくりと頷いた私は、微笑みながら言葉を返す。

「勿論そうさ。私もアルナーも生まれたばかりの頃はちっちゃな赤ん坊だったし、赤ん坊の頃は泣いてばっかりで周囲の人達を困らせてばっかりだったのさ。

それでも周囲の人が一生懸命に世話をしてくれたからこそ、今はこうやってフランシスとフランソワの子供の世話が出来る大人になったと、そういうことだな。

どんな人間だって誰かの子供で、生まれたばかりの頃は赤ん坊で……皆に世話をされてきたからこそ大人になれたんだ。

これぱっかりは国が違っても種族が違っても変わらないことだろうな」

「皆一緒で……皆子供だった、皆がいたから大人になれた……」

「おとなになったら、せわをして、またそのこが、おとなになる……」

私の言葉を頑張って吸収し、その言葉の意味を懸命に考えて、そしてその考えを言葉にしていって……。

そうするセナイとアイハンの表情は何処か大人びた気配をまとっていて……二人の成長を目の当たりにした私は、二人の頭をぐしぐしと撫でてやりながら、その背中を押す為の言葉を口にする。

「その皆と皆の間にある繋がりこそが、絆と呼ばれるものなのだろうな。

セナイ達の両親とセナイ達の間にあって、私達とセナイ達の間にもあって……セナイ達とエイマと、村の皆の間にもあって……そして今、フラン達との間にも絆が築かれつつある。

誰もが何処かで誰かと繋がっていて、誰とも繋がっていない人なんか何処にもいなくて……だからこそ私とアルナーは、その絆を大事にして欲しくて、喧嘩はダメだぞとか、人には優しくしなさいとか、そういうお説教をするんだよ。

そうやって絆を大事にしていれば、いつか二人もしっかりとした大人になることが出来て、二人に似合う素敵な人と出会うことが出来て……そうして自分達の赤ちゃんの世話をすることになるのだろうな」

私のその言葉を受けて、セナイとアイハンはどう反応したら良いのか分からないと言わんばかりの、なんとも複雑そうな表情を浮かべる。

そんな表情を浮かべながらも二人は私の言葉に込められた意味を汲み取ってくれたのだろう、同時にこくりと頷いて……そうして洗い籠の持ち手をがっしりと力強く掴む。

「お洗濯にいってくる！」

「ぜんぶ、ぴかぴかにしてくる！」

そう言って勢い良く立ち上がり、タタタッとユルトから駆け出ていくセナイとアイハン。

「今の季節は水が冷たいから、身体を冷やさないように焚き火にあたりながらやるんだぞ！」

と、そんな言葉を投げかけた私は……誇らしさで胸をいっぱいにしながら二人の背中を見送るのだった。

あとがき

恒例ということでまずはお礼から。

1巻、2巻、3巻とこの物語を追いかけてくださった皆様。

小説家になろうにて変わらぬ応援を頂いた皆様。

この本に関わってくださる、編集部の皆様を始めとした皆様。

イラストレーターのキンタさん、デザイナーさん。

コミカライズ版を手掛けてくださっているユンボさん、アシスタントの皆様、コミカライズ編集部の皆様。

本当にありがとうございます、おかげでこうして4巻を発売することが出来ました！

そして、4巻を手に取りここまで読んでくださった皆様、本当にありがとうございます!!

と、いう訳でここからは物語のお話をさせていただきます。

4巻のサブタイトルは悩みに悩んでつけた『絆の結実』となっています。

ディアスと領民達のこれまでの頑張りが公爵位という一つの形になり……フランシスとフランソワの絆が子供達という形になり、ディアス達の下へとやってきました。

それらを手に入れたことにより、ディアス達はまた色々と忙しくなっていくのでしょうが、それ以上の喜びと幸福を手に入れて……さて、ここからどうなっていくのだろうか……と、4巻はそんな感じの内容となっています。

物語の『承』の部分の触り、これから膨らんでいく物語のスタートラインということで、なんともおめでたい形のスタートとなりましたね。

これから物語は冬を迎えて、寒く厳しい季節となる訳ですが、きっとディアス達は暖かい気持ちで乗り越えてくれることでしょう。

何しろメーアが側にいてくれるのですからね、そりゃぁもうモフモフと、ポカポカとした毎日を過ごせるに違いありません。


さて、ここからは私が小説を書き始めた頃から、いつかあとがきに書きたいなぁと思っていたことを書かせていただきます。

私がそもそも小説をよく読むようになったのは、中学生くらいの頃に友人に勧められて手にとったあるライトノベルがきっかけでした。

そのシリーズが大好きで、外伝まで読み、イラストレーターさんの画集まで購入して、グッズまで購入して……本当に大好きで大好きで。当時買った小説が、20年以上が過ぎた今も、読まれすぎてボロボロになった状態で実家の本棚に収まっています。

そしてその作品の、何巻かのあとがきに、こんな感じのことが書いてありました。

『小説家は名乗ったもん勝ち、書いていなくても構想さえしていれば小説家を名乗れる』と、そんな感じの内容が……。

それを読んで『うっひょー、なら俺も小説家だ！』と馬鹿な考えを抱いた中学生の私は、それから小説を書くようになり……毎年様々な出版社の賞に応募したり、持ち込みをしたりと、そんな日々を過ごすことになります。

成人して働くようになってもそれは続き……しかしながら鳴かず飛ばずの日々が続き、そうして30歳を過ぎたある時に、私は仕事の関係で持てずにいたスマートフォンを購入しました。

未来感満載のガジェットを手に入れて、新しいおもちゃを買って貰った子供のようにはしゃいだ私は、慣れない手付きで色々なゲームやらアプリやらをチェックしていって……そうしてなんとなしに電子書籍アプリでライトノベルを数冊、ただ目についたからという理由で購入しました。

購入した作品を読んで、面白いなーと読み続けて……それらの作品が小説家になろう出身だと知り、そこでようやく私は小説家になろうに興味を抱くようになりました。

存在を知ってはいたのですが、一度もチェックしたことはなく、なんで今までチェックしなかったのだろうかと、そんなことを考えながらスマートフォンを操作して小説家になろうのページを開き……それから色々な作品を読むようになり、一年程かけてランキング作品や、当時ピックアップされていた作品のほとんどを読み終えました。

で、そこまでしたらもう、投稿するしかないよねと思い、投稿したのがこの物語という訳なのです。

長々とそんなことを語って何を言いたいのかと、そんなツッコミを頂きそうですが……まぁ、つまり、あれですね、皆様もそんな気軽さでもって小説を書いてみてはいかがでしょうか？　という私からのお誘いなのです。

そうやって様々な世界が生まれていって、もっともっと小説家になろうが、ライトノベル業界が、小説業界が盛り上がっていけば嬉しいし、幸せだし、そんなに素敵なことはないでしょう。

書き始めるきっかけなんてものは何でも良いのです。私みたいな馬鹿な考えでもって書き始めても……まぁ、うん、良いはず、なのです。

そしてそんなきっかけの一つに……一欠片になれたら良いなぁと、そんな思いでの自分語りだったという訳ですね。

これを読んで書くも良し、書かないも良し、でも書いてくれたら嬉しいなーと、キーボードを打ちながら願っております。

ささて、ここからは5巻のお話でも。

5巻では、この巻でちらりと顔を出したあるキャラが登場し、そして冬が到来し、冬服を身にまとったディアス達が、今までとはまた違った顔を見せる草原で、忙しい日々を暮らしていくことになります。

寒さと雪に閉ざされながらも、賑やかで騒がしいことは変わりなく、色々な出来事が起こっていくことでしょう。

ますます盛り上がり、賑やかになっていく5巻を楽しんでいただけるよう、私も気合を更に込めて頑張っていきたいと思います。

ではでは、5巻でお会いできることを祈りながら、これにてあとがきを終わらせていただきます。

２０２０年3月　風楼

がココにある。
私の従僕
私、能力は平均値でって言ったよね!
二度転生した少年はSランク冒険者として平穏に過ごす
～前世が賢者で英雄だったボクは来世では地味に生きる～
転生したらドラゴンの卵だった
～最強以外目指さねぇ～
戦国小町苦労譚
領民0人スタートの辺境領主様
毎月15日刊行!!
https://www.es-novel.jp/

あなたの“好き”
反逆のソウルイーター
～弱者は不要といわれて
剣聖（父）に追放
されました～
転生した大聖女は、
聖女であることをひた隠す
冒険者になりたいと
都に出て行った娘が
Sランクになってた
即死チートが
最強すぎて、
異世界のやつらがまるで
相手にならないんですが。
人狼への転生、
魔王の副官
アース・スターノベル
EARTH STAR NOVEL

華麗に
大ヒット中
です!
私、能力は平均値でって言ったよね!
FUNA

EARTH STAR NOVEL

領民0人スタートの辺境領主様
Ⅳ　絆の結実

発行 ———— 2020年4月15日　初版第1刷発行

著者 ———— 風楼

イラストレーター ———— キンタ

装丁デザイン ———— 関 善之＋村田慧太朗（VOLARE inc.）

発行者 ———— 幕内和博

編集 ———— 増田 翼

発行所 ———— 株式会社 アース・スター エンターテイメント
〒141-0021　東京都品川区上大崎3-1-1
目黒セントラルスクエア　5F
TEL：03-5561-7630
FAX：03-5561-7632
https://www.es-novel.jp/

印刷・製本 ———— 図書印刷株式会社

ISBN 978-4-8030-1411-2